Guy de Maupassant

Yvette

Édition présentée et annotée
par Louis Forestier

Gallimard

PRÉFACE

Comment l'esprit vient aux filles

On ne choisit pas ses parents. Assurément, si la nature, le hasard et la société avaient permis à Yvette de décider qui aurait dû être sa mère, elle n'eût pas opté pour la marquise Obardi. Dans l'aventure de cette jeune fille, il y a un malaise de la filiation qui est aussi une inquiétude sur sa propre identité. Encore peu maîtresse d'elle-même, Yvette veut au moins se rassurer en se construisant des généalogies illustres : le père qu'elle n'a jamais connu, elle l'imagine en prince, et — pourquoi pas ? — en roi : Victor-Emmanuel peut-être ; elle veut voir dans sa mère une authentique aristocrate. Lorsque éclatera la vérité — sa marginalisation inévitable à l'intérieur d'une société interlope —, le drame viendra de cette différence qui la sépare des autres et qui s'exprime en une question d'allure banale : « Pourquoi n'aurait-elle pas été une jeune fille comme toutes les jeunes filles ? » Alors, selon une formule créée par son époque, elle devra se soumettre ou se démettre. Non sans avoir tenté de s'opposer à cette mère qu'elle découvre soudain si différente de ce qu'elle avait cru.

Une telle situation revient assez souvent à tra-
vers l'œuvre de Maupassant : dans Pierre et Jean,
Pierre a du mal à se considérer comme le fils d'un
personnage aussi médiocre que M. Roland. À tra-
vers contes et romans, les enfants reprochent plus
d'une fois aux parents, comme le fait Yvette, de
les avoir rendus différents de ce qu'ils auraient pu
ou dû être. Le héros d'« Un parricide » voit sa vie
modifiée par l'abandon dont il a été victime alors
qu'il était tout enfant : poussant la rancune à
l'extrême, il assassine ses parents au moment où
il les retrouve. De même, dans « Aux champs »,
le fils Tuvache, que ses parents n'ont pas voulu
« vendre » à un couple riche qui souhaitait l'adop-
ter lorsqu'il était petit, se révolte et clame : « Des
parents comme vous ça fait l' malheur des éfants. »
Pour quelques adolescents, il arrive un moment de
l'existence où ils s'avisent soudain qu'ils ont été
trompés sur leur destinée. Double et pénible décou-
verte : d'une part, ils doivent se reconstruire des
repères et une personnalité, d'autre part, ils souf-
frent de toutes les injustices réservées par la vie aux
enfants naturels et que Maupassant note de plus
en plus fréquemment tandis que son œuvre s'éla-
bore. Après tout, Yvette est fille illégitime, née de
« père inconnu » comme il est dit dans un autre
récit. Ainsi, la jeune fille présente des analogies de
situation avec ces personnages sommés de se faire
eux-mêmes, comme ce Duchoux, dans la nouvelle
du même nom, qui proclame devant l'homme dont
il ignore qu'il est son père : « Je suis enfant du
hasard, moi, monsieur, et je ne m'en cache pas ;
j'en suis fier. Je ne dois rien à personne, je suis le

fils de mes œuvres. » Voilà une des questions que pose « Yvette ». Comment accepter de devenir non ce que l'hérédité, comme chez Zola, vous aurait destiné à être, mais ce que le milieu social vous contraint à ne pas esquiver ?

L'originalité de la nouvelle consiste donc à mêler intimement l'étude d'un groupe humain — peinture réaliste, naturaliste même, si l'on veut — avec l'analyse des éveils d'une jeune fille aux réalités de l'existence et à son choix de vie. Depuis quelque temps, déjà, Maupassant s'intéresse à ce problème : d'œuvre en œuvre, il accumule diverses notations. D'abord, il jette les yeux sur la gracilité inquiétante de la fillette presque femme. Ainsi fait-il dans Au soleil : *« Elles ont l'air femme, ces fillettes, femmes par leur toilette, par leur coquetterie éveillée déjà, par les apprêts de leur visage. Elles appellent de l'œil, comme les grandes. » Plus tard, dans* Bel-Ami *et dans* Fort comme la mort, *Maupassant peindra des enfants ou des jeunes filles, tout éveillées à la séduction comme Laurine, ou restées naïves et directes comme Annette de Guilleroy. Manifestement, ce type féminin intéresse Maupassant. Peut-être parce que l'homme peut y faire l'essai rassurant de son charme ou l'expérience douloureuse de son vieillissement (pour séduisant qu'il est, Servigny est déjà « un peu chauve »), peut-être simplement parce que le sujet est à la mode. En effet, coup sur coup, durant l'année 1884, Edmond de Goncourt et Zola viennent de camper des portraits de jeunes filles : respectivement dans* Chérie *et dans* La Joie de vivre. *Maupassant n'ignore aucun de ces deux romans. Il leur consacre une longue chronique du*

Gaulois, *le 27 avril 1884, quelques mois avant de donner « Yvette » au* Figaro. *Dans ce compte rendu, Maupassant s'interroge sur les raisons qui font de la jeune fille un type peu prisé du roman français, à l'exception, dit-il, de* Paul et Virginie, *qui, à son avis, est plutôt « un poème qu'une étude d'observation ». Selon lui, la difficulté vient de ce que cet être jeune est inconscient de sa propre nature et que sa transformation, à l'inverse de ce qui se passe pour l'homme, se fait de façon brusque et soudaine au moment du mariage :*

> Comment découvrir les délicates sensations que la jeune fille elle-même méconnaît encore, qu'elle ne peut ni expliquer, ni comprendre, ni analyser, et qu'elle oubliera presque entièrement lorsqu'elle sera devenue femme ? Comment deviner ces ombres d'idées, ces commencements de passions, ces germes de sentiments, tout ce confus travail d'un caractère qui se forme ? [...] Écrire la vie d'une jeune fille jusqu'au mariage, c'est raconter l'histoire d'un être jusqu'au jour où il existe réellement. C'est vouloir préciser ce qui est indécis, rendre clair ce qui est obscur, entreprendre une œuvre de déblaiement pour l'interrompre quand elle va devenir aisée.

Passons sur une conception qui ne donne existence à la femme qu'à partir du moment où elle dépend de l'homme et qui lui dénie toute évolution intérieure consciente jusqu'à l'instant du mariage, comme si sa transformation ne pouvait être que brutale : on reconnaît trop là le pessimisme schopenhauérien de Maupassant et les habitudes d'une époque qui rend la femme inférieure devant la loi. Goncourt, lui, avec Chérie, *tente d'ajouter « de la réalité élégante » à la rédaction d'une monographie d'adolescente ; dès la préface de* La Faustin *(1882), il avait ce projet-ci : « Faire un roman qui sera simplement une étude psychologique et physiolo- gique de jeune fille, grandie et élevée dans la serre chaude d'une capitale. » De son côté, Zola peint en Pauline une jeune fille qui porte en elle « la joie de vivre, par-dessus toutes les catastrophes ».*

Ce qui caractérise Yvette, ce n'est pas une joie, mais une volonté de vivre : on y décèle l'influence, déjà soulignée, de Schopenhauer, et ce désir de confronter l'individu à la Fatalité qui, de plus en plus, détermine l'écrivain dans le choix de ses sujets. C'est en fonction de ce conflit que se joue le « devenir femme » de l'héroïne. La transformation est d'abord montrée du point de vue des autres. Servigny observe avec amour l'intimité qui se crée entre l'eau féminine et le corps ondoyant : « Il regardait, allon- gée ainsi à la surface de la rivière, la ligne onduleuse de son corps, les seins fermes, collés contre l'étoffe légère, montrant leur forme ronde et leurs sommets saillants, le ventre doucement soulevé, la cuisse un peu noyée, le mollet nu, miroitant à travers l'eau, et le pied mignon qui émergeait. » Puis le point de vue change : Yvette cesse d'être le centre du cercle qui se réunit chez sa mère ; elle cesse de rassembler sur elle les regards extérieurs. Elle se fait elle-même la propre observatrice de ses changements. Elle cherche à pénétrer ce qui lui était, jusqu'alors, indifférent, étranger ou inconnu : elle s'aperçoit que choses et paroles ont un sens et qu'on ne peut échapper aux indications qu'elles donnent. D'où les rougeurs, les brusqueries, les isolements soudains, avant la prise de conscience et l'acceptation finales.

L'étrangeté de cette grande fille toute simple, c'est d'être dans le monde, et dans ce monde. Univers de fortunes douteuses, de noblesses frelatées et de pudeurs postiches. Tous ces gens qui jouent aux bonnes manières ne sont qu'une parodie de la société dite comme il faut, une jungle où, comme le dit la marquise Obardi, on parvient avec des places et des tripotages de Bourse. Aussi les premières pages de la nouvelle sont-elles un florilège de tous les manques aux convenances possibles : les jeunes filles qui participent au bal ne devraient pas, selon les codes du temps, se montrer décolletées si largement que leur corsage n'est plus « soutenu que par un mince ruban » ; Yvette ne devrait pas se jeter inconsidérément à la tête des jeunes gens, leur donner une poignée de main, juger ouvertement leur physique, sortir seule en leur compagnie. Bref, Yvette est mal élevée. Ou plutôt, elle n'est pas élevée du tout. Elle imite ce qui se fait autour d'elle par une faculté innée qui, d'après Maupassant, est le propre de la femme, de sorte que celle-ci n'a pas de rang social prédéterminé et peut devenir, à l'occasion et avec un égal talent, demi-mondaine ou femme du monde à part entière. C'est le mariage qui donne son statut social à la femme ; or Yvette ne se mariera pas, cela est clairement dit. Racée et déclassée, elle porte en elle une ambiguïté qui constitue, aux yeux de Servigny, le charme irritant du personnage, tout à la fois « exquis ou détestable ». Cette absence d'éducation et cette faculté de mimétisme rendent vraisemblables

les « énormités » et les écarts de langage de la jeune
fille. Mais, en dépit de ces défauts, elle apporte dans
ce milieu douteux une fraîcheur, une naïveté, une
absence de rouerie qui font d'elle la victime sympa-
thique et pitoyable d'un destin auquel elle ne peut
échapper : « "Elle n'a donc qu'une profession possible : l'amour, dit Servigny, elle y viendra." »

Le problème que pose Maupassant, à travers cette
figure de jeune fille, est donc original et audacieux
pour son temps. Il ne suit pas la transformation
physique, les longs cheminements sensitifs qui vont
faire de l'enfant, puis de l'adolescente, une femme.
Ce qui intéresse l'écrivain, c'est de savoir — et il le
fait dire brutalement à l'un de ses personnages —
comment « de jeune fille elle deviendra fille ». En
somme, il s'agit de passer au rang de Fille de fille,
titre que Jules Guérin avait donné, en 1883, à l'un
de ses romans pour lequel Maupassant avait rédigé
une préface. Il n'est pas impossible — on l'a trop
peu dit — que certains aspects d'« Yvette » viennent, pour une part (une autre source étant son
texte « Yveline Samoris » évoqué plus loin), de
ce roman médiocre où l'auteur expose, dans une
grande désinvolture de composition, le poids que
fait peser sur le mariage et la destinée de sa fille
la carrière de prostituée de Julia. Après Guérin, ce
sujet moderne restait encore à traiter, en le conden-
sant et en faisant une étude d'âme au lieu d'une
galerie de mœurs. Car, le vrai drame d'« Yvette »
est celui d'une crise de conscience : placée, à la
manière de certains héros, à un carrefour qui exige
le choix entre des solutions contradictoires, la
jeune fille doit trancher. « Je ne m'en irai pas de là

avant d'avoir pris une résolution », dit-elle dans la dernière partie de la nouvelle, tandis que le dernier mot de Servigny est : « *C'est fait maintenant.* »

C'est au nom de la sensualité et du bonheur d'exister qu'elle accepte de revenir à la vie, et à la vie qui l'attend : bien-être, tiédeurs, souffles légers et caresses accompagnant sa reprise de conscience après sa tentative de suicide. Cette nouvelle est une de celles où se perçoit le mieux la puissance vitale des sensations chez Maupassant : ici, c'est la douceur d'un « souffle frais » qui régénère le corps ; là, c'est un frémissement venu du plaisir sensuel que procure le glissement de l'eau le long du corps ; là encore, c'est le sentiment « vif et agréable » de dilatation et de torpeur donné par l'inhalation de l'éther. Sous l'effet des diverses sensations, l'individu entier éprouve une impression de légèreté : « *Elle volait avec délices, ouvrant les ailes, battant des ailes, portée par le vent comme on serait porté par des caresses. Elle se roulait dans l'air qui lui baisait la peau, et elle filait si vite, si vite qu'elle n'avait le temps de rien voir au-dessous d'elle.* » Sans doute s'agit-il là des effets de la drogue, que Maupassant connaît bien pour les avoir expérimentés lui-même et les avoir décrits ultérieurement dans Sur l'eau.

*

Maupassant jette sur tout ce qui l'entoure un regard méfiant, et tout particulièrement sur l'amour et les relations homme-femme. Il y a, dans la relation d'homme à femme, un rapport de domination qu'« Yvette » met en évidence. Les divers admira-

*teurs de la jeune fille sont victimes consentantes de
sa séduction. Servigny plus que les autres. D'abord
désireux de posséder une conquête facile, et de s'offrir un amour de passage qui illustrerait bien son
surnom dans le milieu de la marquise Obardi (Muscade : donc, passez !), il se laisse progressivement
subjuguer par la beauté et le caractère d'Yvette :
« Ses désirs, fatigués par la vie qu'il menait, [...]
se réveillaient devant cette enfant singulière. » Aussi
son ami Saval a-t-il soin de l'avertir : « Prends garde,
mon cher, elle te mène tout droit au mariage. »
Diverses scènes illustrent cette autorité que la jeune
fille prend sur les hommes : elle les met au pas,
au sens propre du terme ; on le voit dans la scène
d'apparence burlesque — mais si triste et si grave,
comme le marque « l'immobilité sinistre » du visage
d'Yvette — au cours de laquelle elle entraîne mili-
tairement son « bataillon » de soupirants jusqu'à la
fête de Marly. Possession des autres qui s'accompagne d'une douloureuse dépossession de soi. Un
autre passage, plus difficile à interpréter et qui sur-
prend d'abord le lecteur comme un hors-d'œuvre
inutile, va dans le même sens : c'est l'épisode cham-
pêtre au cours duquel Yvette oblige Servigny à lire
tout un long fragment d'un livre consacré à la vie
des fourmis. Il faut prendre garde aux passages que
Maupassant cite d'abord, puis résume ensuite : il y
est montré comment les fourmis réduisent d'autres
animaux en* esclavage, pucerons et petits insectes
aveugles *« qui prendront soin des vainqueurs,
avec tant de sollicitude que ceux-ci perdront même
l'habitude de manger tout seuls. » Il est clair que
cette situation est une métaphore de la sujétion à*

laquelle la femme réduit l'homme. Et si la jeune Yvette déclare préférer un livre d'entomologie à un roman, c'est que ces derniers relèvent de l'imagination tandis que les autres reflètent la vie. Dans cette perspective, conquérir une femme est se donner, en effet, une maîtresse et la victoire n'est pas du côté qu'on pourrait croire. Chez Maupassant, il n'y a pas plus d'amour heureux que de couple harmonieux.

Une fatalité du mal et du malheur semble peser sur le monde. Dans une nouvelle, par ailleurs aussi fraîche et lumineuse, parfois, que l'est « Yvette », on ne saurait oublier que le cœur du texte est désespéré (le mot revient souvent en quelques lignes) : au beau milieu de la fête de Marly, Yvette éclate en sanglots. Elle prend conscience du naufrage de sa conscience, de la vanité du monde et du seul choix qui lui reste : quitter la vie, ou s'y jeter à corps « perdu ». Le motif de la révélation traumatisante est au cœur de la nouvelle : Yvette découvre qu'elle n'est pas ce qu'elle croit être.

L'univers d'« Yvette » est celui des faux-semblants. Ambiguïté chez la marquise Obardi : son hôtel particulier, rue de Berri, se situe dans un quartier où se côtoient les plus authentiques aristocrates (on y trouve la princesse Mathilde) et les plus louches parvenus. Princes d'opérette et ambassadeurs de pacotille fréquentent chez la mère d'Yvette. Et pourtant, rien ne distingue, en apparence, cette « aristocratie du bagne » de l'aristocratie tout court. Pas plus qu'on ne distingue la fausse marquise Obardi de celle qui est, en fait, Octavie Bardin, ou qu'on ne distinguait, dans une autre nouvelle, un être sans origine d'une pseudo-comtesse Samoris qui ne tenait existence nominale que du patronyme de son amant préféré, Samuel Morris (voir les Documents, p. 144).

Le drame d'Yvette sera de vouloir clarifier ces frontières, de distinguer le vrai du faux, d'aspirer, sans succès, à devenir un être unique au lieu de rester un être double. Elle risque de mourir d'une volonté de changer sa représentation du monde. Il est des limites qu'on ne saurait transgresser sans danger.

Cette notion de limite est la plus propre à rendre compte de l'originalité de Maupassant, comme de son audace. Celle-ci n'a pas toujours été perçue par ses contemporains, à qui l'ont masquée l'agrément du style, la peinture d'une époque et l'art de conduire un récit. Observons les seuils indiqués et franchis : au moment où elle décide de mourir, Yvette se retire dans sa chambre et tire le verrou, pour interdire à qui que ce soit d'entrer, mais comme pour se retrancher aussi elle-même du factice qu'elle veut quitter et s'empêcher d'y pénétrer en retour.

Dans « Yvette », Maupassant tend à pousser actes et situations à l'extrême. Ainsi, lorsqu'elle se rend à la fête de Marly, la jeune fille passe la mesure en extravagances diverses. Servigny le lui fait observer : « Pourquoi faites-vous des folies comme ça ? » Folie poussée à bout, en effet, car Yvette cherche à échapper aux révélations de sa raison.

*

« Yvette » reprend un conte publié deux ans plus tôt dans Le Gaulois, sous le titre d'« Yveline Samo-

ris » *(voir p. 144). Si le fond de l'anecdote est le
même, des différences capitales se manifestent.
Dans le traitement : d'un court récit de quelques
pages Maupassant passe à la dimension d'un petit
roman. Il affectionne cette forme intermédiaire qui
lui permet de rester concis tout en élargissant le
cadre de l'intrigue et en donnant plus de relief aux
personnages. Ainsi peut-il étudier avec plus de pré-
cision les relations homme-femme, le paraître d'une
société dont ni Servigny ni Yvette n'osent transgresser tous les interdits : l'un en épousant une jeune
fille qu'il aime et qui est honnête, l'autre en quit-
tant un monde pour lequel elle ne se sent pas faite.
Dans « Yveline Samoris », l'héroïne se donne réelle-
ment la mort ; issue dramatique. Maupassant voue
Yvette à un sort tragique : vivre dans une société
qu'elle a condamnée, en renonçant à son idéal et à
sa propre personnalité. Servigny ne pourra échapper à la conscience de sa lâcheté, au regret d'un
amour qui aurait pu être différent. Aussi, lorsqu'il
affirme à Yvette : « Je vous adore », l'expression est-
elle vidée de sens. Certes, ils s'aimeront sans doute
d'un amour physique réussi. Ce sera au prix d'un
idéal insatisfait et d'une trahison vis-à-vis d'eux-
mêmes. La fin heureuse de la nouvelle est aussi
une fin déplorable.*

*En fin de compte, si l'esprit vient aux filles, c'est
pour prendre conscience d'une dépossession, pour
accepter de vivre en abdiquant leur identité.*

LOUIS FORESTIER

YVETTE

I

En sortant du Café-Riche[1], Jean de Servigny dit à Léon Saval :

« Si tu veux, nous irons à pied. Le temps est trop beau pour prendre un fiacre. »

Et son ami répondit :

« Je ne demande pas mieux. »

Jean reprit :

« Il est à peine onze heures, nous arriverons beaucoup avant minuit, allons donc doucement. »

Une cohue agitée grouillait sur le boulevard, cette foule des nuits d'été qui remue, boit, murmure et coule comme un fleuve, pleine de bienêtre et de joie. De place en place, un café jetait une grande clarté sur le tas de buveurs assis sur le trottoir devant les petites tables couvertes de bouteilles et de verres, encombrant le passage de leur foule pressée. Et sur la chaussée, les fiacres aux yeux rouges, bleus ou verts, passaient brusquement dans la lueur vive de la devanture illuminée, montrant une seconde la silhouette maigre et trottinante du cheval, le profil élevé du cocher, et le coffre sombre de la voiture. Ceux de l'Ur-

baine faisaient des taches claires et rapides avec
leurs panneaux jaunes frappés par la lumière[1].

Les deux amis marchaient d'un pas lent, un
cigare à la bouche, en habit, le pardessus sur le
bras, une fleur à la boutonnière et le chapeau un
peu sur le côté comme on le porte quelquefois,
par nonchalance, quand on a bien dîné et quand
la brise est tiède.

Ils étaient liés depuis le collège par une affection étroite, dévouée, solide.

Jean de Servigny, petit, svelte, un peu chauve,
un peu frêle, très élégant, la moustache frisée,
les yeux clairs, la lèvre fine, était un de ces
hommes de nuit qui semblent nés et grandis
sur le boulevard, infatigable bien qu'il eût toujours l'air exténué, vigoureux bien que pâle, un
de ces minces Parisiens en qui le gymnase, l'es-
crime, les douches et l'étuve ont mis une force
nerveuse et factice[2]. Il était connu par ses noces
autant que par son esprit, par sa fortune, par ses
relations, par cette sociabilité, cette amabilité,
cette galanterie mondaine, spéciales à certains
hommes.

Vrai Parisien, d'ailleurs, léger, sceptique, chan-
geant, entraînable, énergique et irrésolu, capable
de tout et de rien, égoïste par principe et géné-
reux par élans, il mangeait ses rentes avec modé-
ration et s'amusait avec hygiène. Indifférent et
passionné, il se laissait aller et se reprenait sans
cesse, combattu par des instincts contraires
et cédant à tous pour obéir, en définitive, à sa
raison de viveur dégourdi dont la logique de
girouette consistait à suivre le vent et à tirer pro-

fit des circonstances sans prendre la peine de les faire naître.

Son compagnon Léon Saval, riche aussi, était un de ces superbes colosses qui font se retourner les femmes dans les rues. Il donnait l'idée d'un monument fait homme, d'un type de la race, comme ces objets modèles qu'on envoie aux expositions. Trop beau, trop grand, trop large, trop fort, il péchait un peu par excès de tout, par excès de qualités. Il avait fait d'innombrables passions.

Il demanda, comme ils arrivaient devant le Vaudeville[1] :

« As-tu prévenu cette dame que tu allais me présenter chez elle ? »

Servigny se mit à rire.

« Prévenir la marquise Obardi ! Fais-tu prévenir un cocher d'omnibus que tu monteras dans sa voiture au coin du boulevard ? »

Saval, alors, un peu perplexe, demanda :

« Qu'est-ce donc au juste que cette personne ? »

Et son ami répondit :

« Une parvenue, une rastaquouère[2], une drô-lesse charmante, sortie on ne sait d'où, apparue un jour, on ne sait comment, dans le monde des aventuriers, et sachant y faire figure. Que nous importe d'ailleurs. On dit que son vrai nom, son nom de fille, car elle est restée fille à tous les titres, sauf au titre innocence, est Octavie Bardin, d'où Obardi, en conservant la première lettre du prénom et en supprimant la dernière du nom.

« C'est d'ailleurs une aimable femme, dont tu seras inévitablement l'amant, toi, de par ton physique. On n'introduit pas Hercule chez Messaline, sans qu'il se produise quelque chose. J'ajoute cependant que si l'entrée est libre en cette demeure, comme dans les bazars, on n'est pas strictement forcé d'acheter ce qui se débite dans la maison. On y tient l'amour et les cartes, mais on ne vous contraint ni à l'un ni aux autres. La sortie aussi est libre.

« Elle s'installa dans le quartier de l'Étoile, quartier suspect[1], voici trois ans, et ouvrit ses salons à cette écume des continents qui vient exercer à Paris ses talents divers, redoutables et criminels.

« J'allai chez elle ! Comment ? Je ne le sais plus. J'y allai, comme nous allons tous là-dedans, parce qu'on y joue, parce que les femmes sont faciles et les hommes malhonnêtes. J'aime ce monde de flibustiers à décorations variées, tous étrangers, tous nobles, tous titrés, tous inconnus à leurs ambassades, à l'exception des espions. Tous parlent de l'honneur à propos de bottes, citent leurs ancêtres à propos de rien, racontent leur vie à propos de tout, hâbleurs, menteurs, filous, dangereux comme leurs cartes, trompeurs comme leurs noms, braves parce qu'il le faut, à la façon des assassins qui ne peuvent dépouiller les gens qu'à la condition d'exposer leur vie. C'est l'aristocratie du bagne, enfin.

« Je les adore. Ils sont intéressants à pénétrer, intéressants à connaître, amusants à entendre, souvent spirituels, jamais banals comme des fonctionnaires français. Leurs femmes sont toujours jolies, avec une petite saveur de coquinerie étrangère, avec le mystère de leur existence passée, passée peut-être à moitié dans une maison de correction. Elles ont en général des yeux superbes et des cheveux incomparables, le vrai physique de l'emploi, une grâce qui grise, une séduction qui pousse aux folies, un charme malsain, irré-sistible ! Ce sont des conquérantes à la façon des routiers d'autrefois, des rapaces, de vraies femelles d'oiseaux de proie. Je les adore aussi.

« La marquise Obardi est le type de ces drô-lesses élégantes. Mûre et toujours belle, char-meuse et féline, on la sent vicieuse jusque dans les moelles. On s'amuse beaucoup chez elle, on y joue, on y danse, on y soupe... on y fait enfin tout ce qui constitue les plaisirs de la vie mondaine. »

Léon Saval demanda : « As-tu été ou es-tu son amant ? »

Servigny répondit : « Je ne l'ai pas été, je ne le suis pas et je ne le serai point. Moi, je vais surtout dans la maison pour la fille.

— Ah ! Elle a une fille ?

— Si elle a une fille ! Une merveille, mon cher. C'est aujourd'hui la principale attraction de cette caverne. Grande, magnifique, mûre à point, dix-huit ans, aussi blonde que sa mère est brune, toujours joyeuse, toujours prête pour les fêtes, toujours riant à pleine bouche et dansant à corps perdu. Qui l'aura ? ou qui l'a eue ? On ne sait pas. Nous sommes dix qui attendons, qui espérons.

« Une fille comme ça, entre les mains d'une femme comme la marquise, c'est une fortune. Et elles jouent serré, les deux gaillardes. On n'y comprend rien. Elles attendent peut-être une occasion... meilleure... que moi. Mais, moi, je te réponds bien que je la saisirai... l'occasion, si je la rencontre.

« Cette fille, Yvette, me déconcerte absolument, d'ailleurs. C'est un mystère. Si elle n'est pas le monstre d'astuce et de perversité le plus complet que j'aie jamais vu, elle est certes le phénomène d'innocence le plus merveilleux qu'on puisse trouver. Elle vit dans ce milieu infâme avec une aisance tranquille et triomphante, admirablement scélérate ou naïve.

« Merveilleux rejeton d'aventurière, poussé sur le fumier de ce monde-là, comme une plante magnifique nourrie de pourritures, ou bien fille de quelque homme de haute race, de quelque grand artiste ou de quelque grand seigneur, de quelque prince ou de quelque roi tombé, un soir, dans le lit de la mère, on ne peut comprendre ce qu'elle est ni ce qu'elle pense. Mais tu vas la voir. »

Saval se mit à rire et dit :

« Tu en es amoureux. »

— Non. Je suis sur les rangs, ce qui n'est pas la même chose. Je te présenterai d'ailleurs mes coprétendants les plus sérieux. Mais j'ai des chances marquées. J'ai de l'avance, on me montre quelque faveur. »

Saval répéta :

« Tu es amoureux.

— Non. Elle me trouble, me séduit et m'inquiète, m'attire et m'effraye. Je me méfie d'elle comme d'un piège, et j'ai envie d'elle comme on a envie d'un sorbet quand on a soif. Je subis son charme et je ne l'approche qu'avec l'appréhension qu'on aurait d'un homme soupçonné d'être un adroit voleur. Près d'elle j'éprouve un entraînement irraisonné vers sa candeur possible et une méfiance très raisonnable contre sa rouerie non moins probable. Je me sens en contact avec un être anormal, en dehors des règles naturelles, exquis ou détestable. Je ne sais pas. »

Saval prononça pour la troisième fois :

« Je te dis que tu es amoureux. Tu parles d'elle avec une emphase de poète et un lyrisme de troubadour. Allons, descends en toi, tâte ton cœur et avoue. »

Servigny fit quelques pas sans rien répondre, puis reprit :

« C'est possible, après tout. Dans tous les cas, elle me préoccupe beaucoup. Oui, je suis peut-être amoureux. J'y songe trop. Je pense à elle en m'endormant et aussi en me réveillant... c'est assez grave. Son image me suit, me poursuit, m'accompagne sans cesse, toujours devant moi, autour de moi, en moi. Est-ce de l'amour, cette obsession physique ? Sa figure est entrée si profondément dans mon regard que je la vois sitôt que je ferme les yeux. J'ai un battement de cœur chaque fois que je l'aperçois, je ne le nie point. Donc je l'aime, mais drôlement. Je la désire avec violence, et l'idée d'en faire ma femme me semblerait une folie, une stupidité, une monstruosité. J'ai un peu peur d'elle aussi, une peur d'oiseau sur qui plane un épervier. Et je suis jaloux d'elle encore, jaloux de tout ce que j'ignore dans ce cœur incompréhensible. Et je me demande toujours : "Est-ce une gamine charmante ou une abominable coquine ?" Elle dit des choses à faire frémir une armée ; mais les perroquets aussi. Elle est parfois imprudente ou impudique à me faire croire à sa candeur immaculée, et parfois naïve, d'une naïveté invraisemblable, à me faire douter qu'elle ait jamais été chaste. Elle me provoque, m'excite comme une courtisane et se garde en même temps comme une vierge. Elle paraît m'aimer et se moque de moi ; elle s'affiche en public comme si elle était ma maîtresse et me traite dans l'intimité comme si j'étais son frère ou son valet.

« Parfois je m'imagine qu'elle a autant d'amants que sa mère. Parfois je me figure qu'elle ne soupçonne rien de la vie, mais rien, entends-tu ?

« C'est d'ailleurs une liseuse de romans enragée. Je suis, en attendant mieux, son fournisseur de livres. Elle m'appelle son "bibliothécaire".

« Chaque semaine, la Librairie Nouvelle[1] lui adresse, de ma part, tout ce qui a paru, et je crois qu'elle lit tout, pêle-mêle.

« Ça doit faire dans sa tête une étrange salade.

« Cette bouillie de lecture est peut-être pour quelque chose dans les allures singulières de cette fille. Quand on contemple l'existence à travers quinze mille romans, on doit la voir sous un drôle de jour et se faire, sur les choses, des idées assez baroques.

« Quant à moi, j'attends. Il est certain, d'un côté, que je n'ai jamais eu pour aucune femme le béguin que j'ai pour celle-là.

« Il est encore certain que je ne l'épouserai pas.

« Donc, si elle a eu des amants, j'augmenterai l'addition. Si elle n'en a pas eu, je prends le numéro un, comme au tramway.

« Le cas est simple. Elle ne se mariera pas, assurément. Qui donc épouserait la fille de la

marquise Obardi, d'Octavie Bardin ? Personne,
pour mille raisons.

« Où trouverait-on un mari ? Dans le monde ?
Jamais. La maison de la mère est une maison publique dont la fille attire la clientèle. On
n'épouse pas dans ces conditions-là.

« Dans la bourgeoisie ? Encore moins. Et
d'ailleurs la marquise n'est pas femme à faire de
mauvaises opérations ; elle ne donnerait définitivement Yvette qu'à un homme de grande posi-
tion, qu'elle ne découvrira pas.

« Dans le peuple, alors ? Encore moins. Donc,
pas d'issue. Cette demoiselle-là n'est ni du monde,
ni de la bourgeoisie, ni du peuple, elle ne peut
entrer par une union dans aucune de ces classes
de la société.

« Elle appartient par sa mère, par sa naissance, par son éducation, par son hérédité, par
ses manières, par ses habitudes, à la prostitution
dorée.

« Elle ne peut lui échapper, à moins de se faire
religieuse, ce qui n'est guère probable, étant
donnés ses manières et ses goûts. Elle n'a donc
qu'une profession possible : l'amour. Elle y viendra, à moins qu'elle ne l'exerce déjà. Elle ne saurait fuir sa destinée. De jeune fille elle deviendra
fille, tout simplement. Et je voudrais bien être le
pivot de cette transformation.

« J'attends. Les amateurs sont nombreux. Tu
verras là un Français, M. de Belvigne ; un Russe,
appelé le prince Kravalow, et un Italien, le chevalier Valréali[1], qui ont posé nettement leurs candi-
datures et qui manœuvrent en conséquence. Nous

comptons, en outre, autour d'elle, beaucoup de maraudeurs de moindre importance.

« La marquise guette. Mais je crois qu'elle a des vues sur moi. Elle me sait fort riche et elle possède moins les autres.

« Son salon est d'ailleurs le plus étonnant que je connaisse dans ce genre d'expositions. On y rencontre même des hommes fort bien, puisque nous y allons, et nous ne sommes pas les seuls. Quant aux femmes, elle a trouvé, ou plutôt elle a trié ce qu'il y a de mieux dans la hotte aux pilleuses de bourses. Où les a-t-elle découvertes, on l'ignore. C'est un monde à côté de celui des vraies drôlesses, à côté de la bohème, à côté de tout. Elle a eu d'ailleurs une inspiration de génie, c'est de choisir spécialement les aventurières en possession d'enfants, de filles principalement. De sorte qu'un imbécile se croirait là chez des honnêtes femmes ! »

Ils avaient atteint l'avenue des Champs-Élysées. Une brise légère passait doucement dans les feuilles, glissait par moments sur les visages, comme les souffles doux d'un éventail géant balancé quelque part dans le ciel. Des ombres muettes erraient sous les arbres, d'autres, sur les bancs, faisaient une tache sombre. Et ces ombres parlaient très bas, comme si elles se fussent confié des secrets importants ou honteux.

Servigny reprit :

« Tu ne te figures pas la collection de titres de fantaisie qu'on rencontre dans ce repaire.

« À ce propos, tu sais que je vais te présenter

sous le nom de comte Saval, Saval tout court serait mal vu, très mal vu. »

Son ami s'écria :

« Ah ! mais non, par exemple. Je ne veux pas qu'on me suppose, même un soir, même chez ces gens-là, le ridicule de vouloir m'affubler d'un titre. Ah ! mais non. »

Servigny se mit à rire.

« Tu es stupide. Moi, là-dedans, on m'a baptisé le duc de Servigny. Je ne sais ni comment ni pourquoi. Toujours est-il que je suis et que je demeure M. le duc de Servigny, sans me plaindre et sans protester. Ça ne me gêne pas. Sans cela, je serais affreusement méprisé. »

Mais Saval ne se laissait point convaincre.

« Toi, tu es noble, ça peut aller. Pour moi, non, je resterai le seul roturier du salon. Tant pis, ou tant mieux. Ce sera mon signe de distinction... et... ma supériorité. »

Servigny s'entêtait.

« Je t'assure que ce n'est pas possible, mais pas possible, entends-tu ? Cela paraîtrait presque monstrueux. Tu ferais l'effet d'un chiffonnier dans une réunion d'empereurs. Laisse-moi faire, je te présenterai comme le vice-roi du Haut-Mississipi et personne ne s'étonnera[1]. Quand on prend des grandeurs, on n'en saurait trop prendre.

— Non, encore une fois, je ne veux pas.

— Soit. Mais, en vérité, je suis bien sot de vouloir te convaincre. Je te défie d'entrer là-dedans sans qu'on te décore d'un titre comme on donne aux dames des bouquets de violettes au seuil de certains magasins. »

Ils tournèrent à droite dans la rue de Berri, montèrent au premier étage d'un bel hôtel moderne,
et laissèrent aux mains de quatre domestiques en
culotte courte, leurs pardessus et leurs cannes.
Une odeur chaude de fête, une odeur de fleurs,
de parfums, de femmes, alourdissait l'air ; et un
grand murmure confus et continu venait des
pièces voisines qu'on sentait pleines de monde.

Une sorte de maître des cérémonies, haut,
droit, ventru, sérieux, la face encadrée de favoris
blancs, s'approcha du nouveau venu en demandant avec un court et fier salut :

« Qui dois-je annoncer ? »

Servigny répondit : « Monsieur Saval. »

Alors, d'une voix sonore, l'homme ouvrant la
porte, cria dans la foule des invités :

« Monsieur le duc de Servigny.

« Monsieur le baron Saval. »

Le premier salon était peuplé de femmes. Ce
qu'on apercevait d'abord, c'était un étalage de
seins nus, au-dessus d'un flot d'étoffes éclatantes.

La maîtresse de maison, debout, causant avec
trois amies, se retourna et s'en vint d'un pas
majestueux, avec une grâce dans la démarche et
un sourire sur les lèvres.

Son front étroit, très bas, était couvert d'une
masse de cheveux d'un noir luisant, pressés
comme une toison, mangeant même un peu des
tempes.

Elle était grande, un peu trop forte, un peu trop
grasse, un peu mûre, mais très belle, d'une beauté
lourde, chaude, puissante. Sous ce casque de cheveux, qui faisait rêver, qui faisait sourire, qui la

rendait mystérieusement désirable, s'ouvraient des yeux énormes, noirs aussi. Le nez était un peu mince, la bouche grande, infiniment séduisante, faite pour parler et pour conquérir.

Son charme le plus vif était d'ailleurs dans sa voix. Elle sortait de cette bouche comme l'eau sort d'une source, si naturelle, si légère, si bien timbrée, si claire, qu'on éprouvait une jouissance physique à l'entendre. C'était une joie pour l'oreille d'écouter les paroles souples couler de là avec une grâce de ruisseau qui s'échappe, et c'était une joie pour le regard de voir s'ouvrir, pour leur donner passage, ces belles lèvres un peu trop rouges.

Elle tendit une main à Servigny, qui la baisa, et, laissant tomber son éventail au bout d'une chaînette d'or travaillé, elle donna l'autre à Saval, en lui disant :

« Soyez le bienvenu, baron, tous les amis du duc sont chez eux ici. »

Puis, elle fixa son regard brillant sur le colosse qu'on lui présentait. Elle avait sur la lèvre supérieure un petit duvet noir, un soupçon de moustache, plus sombre quand elle parlait. Elle sentait bon, une odeur forte, grisante, quelque parfum d'Amérique ou des Indes.

D'autres personnes entraient, marquis, comtes ou princes. Elle dit à Servigny, avec une gracieuseté de mère :

« Vous trouverez ma fille dans l'autre salon. Amusez-vous, messieurs, la maison vous appartient. »

Et elle les quitta pour aller aux derniers venus,

en jetant à Saval ce coup d'œil souriant et fuyant qu'ont les femmes pour faire comprendre qu'on leur a plu.

Servigny saisit le bras de son ami.

« Je vais te piloter, dit-il. Ici, dans le salon où nous sommes, les femmes, c'est le temple de la chair, fraîche ou non. Objets d'occasion valant le neuf, et même mieux, cotés cher, à prendre à bail. À gauche, le jeu. C'est le temple de l'Argent. Tu connais ça. Au fond, on danse ; c'est le temple de l'Innocence, le sanctuaire, le marché aux jeunes filles. C'est là qu'on expose, sous tous les rapports, les produits de ces dames. On consentirait même à des unions légitimes ! C'est l'avenir, l'espérance... de nos nuits. Et c'est aussi ce qu'il y a de plus curieux dans ce musée des maladies morales, ces fillettes dont l'âme est disloquée comme les membres des petits clowns issus de saltimbanques. Allons les voir. »

Il saluait à droite, à gauche, galant, un compliment aux lèvres, couvrant d'un regard vif d'amateur chaque femme décolletée qu'il connaissait.

Un orchestre, au fond du second salon, jouait une valse ; et ils s'arrêtèrent sur la porte pour regarder. Une quinzaine de couples tournaient ; les hommes graves, les danseuses avec un sourire figé sur les lèvres. Elles montraient beaucoup de peau, comme leurs mères ; et le corsage de quelques-unes n'étant soutenu que par un mince ruban qui contournait la naissance du bras, on croyait apercevoir, par moments, une tache sombre sous les aisselles.

Soudain, du fond de l'appartement, une grande

fille s'élança, traversant tout, heurtant les danseurs, et relevant de sa main gauche la queue
démesurée de sa robe. Elle courait à petits pas
rapides comme courent les femmes dans les
foules, et elle cria :

« Ah ! voilà Muscade. Bonjour, Muscade ! »

Elle avait sur les traits un épanouissement
de vie, une illumination de bonheur. Sa chair
blanche, dorée, une chair de rousse, semblait
rayonner. Et l'amas de ses cheveux, tordus sur
sa tête, des cheveux cuits au feu, des cheveux
flambants, pesait sur son front, chargeait son cou
flexible encore un peu mince.

Elle paraissait faite pour se mouvoir comme
sa mère était faite pour parler, tant ses gestes
étaient naturels, nobles et simples. Il semblait
qu'on éprouvait une joie morale et un bien-être
physique à la voir marcher, remuer, pencher la
tête, lever le bras.

Elle répétait :

« Ah ! Muscade, bonjour, Muscade. »

Servigny lui secoua la main violemment,
comme à un homme, et il lui présenta :

« Mam'zelle Yvette, mon ami le baron Saval. »

Elle salua l'inconnu, puis le dévisagea :

« Bonjour, monsieur. Êtes-vous tous les jours
aussi grand que ça ? »

Servigny répondit de ce ton gouailleur qu'il
avait avec elle, pour cacher ses méfiances et ses
incertitudes :

« Non, mam'zelle. Il a pris ses plus fortes
dimensions pour plaire à votre maman qui aime
les masses. »

Et la jeune fille prononça avec un sérieux comique :

« Très bien alors ! Mais quand vous viendrez pour moi, vous diminuerez un peu, s'il vous plaît ; je préfère les entre-deux. Tenez, Muscade est bien dans mes proportions. »

Et elle tendit au dernier venu sa petite main grande ouverte.

Puis, elle demanda :

« Est-ce que vous dansez, Muscade ? voyons, un tour de valse. »

Sans répondre, d'un mouvement rapide, emporté, Servigny lui enlaça la taille, et ils disparurent aussitôt avec une furie de tourbillon.

Ils allaient plus vite que tous, tournaient, tournaient, couraient en pivotant éperdument, liés à ne plus faire qu'un, et le corps droit, les jambes presque immobiles, comme si une mécanique invisible, cachée sous leurs pieds, les eût fait voltiger ainsi.

Ils paraissaient infatigables. Les autres danseurs s'arrêtaient peu à peu. Ils restèrent seuls, valsant indéfiniment. Ils avaient l'air de ne plus savoir où ils étaient, ni ce qu'ils faisaient, d'être partis bien loin du bal, dans l'extase. Et les musiciens de l'orchestre allaient toujours, les regards fixés sur ce couple forcené ; et tout le monde le contemplait, et quand il s'arrêta enfin, on applaudit.

Elle était un peu rouge, à présent, avec des yeux étranges, des yeux ardents et timides, moins hardis que tout à l'heure, des yeux troublés, si bleus avec une pupille si noire qu'ils ne semblaient point naturels.

Servigny paraissait gris. Il s'appuya contre une porte pour reprendre son aplomb.

Elle lui dit :

« Pas de tête, mon pauvre Muscade, je suis plus solide que vous. »

Il souriait d'un rire nerveux et il la dévorait du regard avec des convoitises bestiales dans l'œil et dans le pli des lèvres.

Elle demeurait devant lui, laissant en plein, sous la vue du jeune homme, sa gorge découverte que soulevait son souffle.

Elle reprit :

« Dans certains moments, vous avez l'air d'un chat qui va sauter sur les gens. Voyons, donnez-moi votre bras, et allons retrouver votre ami. »

Sans dire un mot, il offrit son bras, et ils traversèrent le grand salon.

Saval n'était plus seul. La marquise Obardi l'avait rejoint. Elle lui parlait de choses mondaines, de choses banales avec cette voix ensorcelante qui grisait. Et, le regardant au fond de la pensée, elle semblait lui dire d'autres paroles que celles prononcées par sa bouche. Quand elle aperçut Servigny, son visage aussitôt prit une expression souriante et, se tournant vers lui :

« Vous savez, mon cher duc, que je viens de louer une villa à Bougival pour y passer deux mois. Je compte que vous viendrez m'y voir. Amenez votre ami. Tenez, je m'y installe lundi, voulez-vous venir dîner tous les deux samedi prochain ? Je vous garderai toute la journée du lendemain. »

Servigny tourna brusquement la tête vers Yvette. Elle souriait, tranquille, sereine, et elle dit avec une assurance qui n'autorisait aucune hésitation :

« Mais certainement que Muscade viendra dîner samedi. Ce n'est pas la peine de le lui demander. Nous ferons un tas de bêtises, à la campagne. »

Il crut voir une promesse naître dans son sourire et saisir une intention dans sa voix.

Alors la marquise releva ses grands yeux noirs sur Saval :

« Et vous aussi, baron ? »

Et son sourire à elle n'était point douteux. Il s'inclina :

« Je serai trop heureux, madame. »

Yvette murmura, avec une malice naïve ou perfide :

« Nous allons scandaliser tout le monde, là-bas, n'est-ce pas, Muscade ? et faire rager mon régiment. »

Et d'un coup d'œil elle désignait quelques hommes qui les observaient de loin.

Servigny lui répondit :

« Tant que vous voudrez, mam'zelle. »

En lui parlant, il ne prononçait jamais mademoiselle, par suite d'une camaraderie familière.

Et Saval demanda :

« Pourquoi donc Mlle Yvette appelle-t-elle toujours mon ami Servigny "Muscade" ? »

La jeune fille prit un air candide :

« C'est parce qu'il vous glisse toujours dans la main, monsieur. On croit le tenir, on ne l'a jamais. »

La marquise prononça d'un ton nonchalant,

suivant visiblement une autre pensée et sans quitter les yeux de Saval :

« Ces enfants sont-ils drôles ! »

Yvette se fâcha :

« Je ne suis pas drôle ; je suis franche ! Muscade me plaît, et il me lâche toujours, c'est embêtant, cela. »

Servigny fit un grand salut.

« Je ne vous quitte plus, mam'zelle, ni jour ni nuit. »

Elle eut un geste de terreur :

« Ah ! mais non ! par exemple ! Dans le jour, je veux bien, mais la nuit, vous me gêneriez. »

Il demanda avec impertinence :

« Pourquoi ça ? »

Elle répondit avec une audace tranquille :

« Parce que vous ne devez pas être aussi bien en déshabillé. »

La marquise, sans paraître émue, s'écria :

« Mais ils disent des énormités. On n'est pas innocent à ce point. »

Et Servigny, d'un ton railleur, ajouta :

« C'est aussi mon avis, marquise. »

Yvette fixa les yeux sur lui, et d'un ton hautain, blessé :

« Vous, vous venez de commettre une grossièreté, ça vous arrive trop souvent depuis quelque temps. »

Et s'étant retournée, elle appela :

« Chevalier, venez me défendre, on m'insulte. »

Un homme maigre, brun, lent dans ses allures, s'approcha :

« Quel est le coupable ? » dit-il, avec un sourire contraint.

Elle désigna Servigny d'un coup de tête :

« C'est lui ; mais je l'aime tout de même plus que vous tous, parce qu'il est moins ennuyeux. »

Le chevalier Valréali s'inclina :

« On fait ce qu'on peut. Nous avons peut-être moins de qualités, mais non moins de dévouement. »

Un homme s'en venait, ventru, de haute taille, à favoris gris, parlant fort :

« Mademoiselle Yvette, je suis votre serviteur. »

Elle s'écria :

« Ah ! Monsieur de Belvigne. »

Puis, se tournant vers Saval, elle présenta :

« Mon prétendant en titre, grand, gros, riche et bête. C'est comme ça que je les aime. Un vrai tambour-major… de table d'hôte. Tiens, mais vous êtes encore plus grand que lui. Comment est-ce que je vous baptiserai ?/.. Bon ! je vous appellerai M. de Rhodes fils, à cause du colosse qui était certainement votre père. Mais vous devez avoir des choses intéressantes à vous dire, vous deux, par-dessus la tête des autres, bonsoir. »

Et elle s'en alla vers l'orchestre, vivement, pour prier les musiciens de jouer un quadrille.

Mme Obardi semblait distraite. Elle dit à Servigny d'une voix lente, pour parler :

« Vous la taquinez toujours, vous lui donnerez mauvais caractère, et un tas de vilains défauts. »

Il répliqua :

« Vous n'avez donc pas terminé son éducation ? »

⌈Elle eut l'air de ne pas comprendre et elle continuait à sourire avec bienveillance.⌋

Mais elle aperçut, venant vers elle, un monsieur
solennel et constellé de croix, et elle courut à lui :

« Ah ! prince, prince, quel bonheur ! »

Servigny reprit le bras de Saval, et l'entraînant :

« Voilà le dernier prétendant sérieux, le prince
Kravalow. N'est-ce pas qu'elle est superbe ? »

Et Saval répondit :

« Moi je les trouve superbes toutes les deux. La
mère me suffirait parfaitement. »

Servigny le salua :

« À ta disposition, mon cher. »

Les danseurs les bousculaient, se mettant en
place pour le quadrille, deux par deux et sur deux
lignes, face à face.

« Maintenant, allons donc voir un peu les
grecs[1] », dit Servigny.

Et ils entrèrent dans le salon de jeu.

Autour de chaque table un cercle d'hommes
debout regardait. On parlait peu, et parfois un
petit bruit d'or jeté sur le tapis ou ramassé brusquement, mêlait un léger murmure métallique au
murmure des joueurs, comme si la voix de l'argent eût dit son mot au milieu des voix humaines.

Tous ces hommes étaient décorés d'ordres
divers, de rubans bizarres, et ils avaient une
même allure sévère avec des visages différents.
On les distinguait surtout à la barbe.

L'Américain roide avec son fer à cheval, l'Anglais hautain avec son éventail de poils ouvert
sur la poitrine, l'Espagnol avec sa toison noire
lui montant jusqu'aux yeux, le Romain avec cette

énorme moustache dont Victor-Emmanuel a doté l'Italie, l'Autrichien avec ses favoris et son menton rasé, un général russe dont la lèvre semblait armée de deux lances de poils roulés, et des Français à la moustache galante révélaient la fantaisie de tous les barbiers du monde[1].

« Tu ne joues pas ? demanda Servigny.

— Non, et toi ?

— Jamais ici. Veux-tu partir, nous reviendrons un jour plus calme. Il y a trop de monde aujourd'hui, on ne peut rien faire.

— Allons ! »

Et ils disparurent sous une portière qui conduisait au vestibule.

Dès qu'ils furent dans la rue, Servigny prononça :

« Eh bien ! qu'en dis-tu ?

— C'est intéressant, en effet. Mais j'aime mieux le côté femmes que le côté hommes.

— Parbleu. Ces femmes-là sont ce qu'il y a de mieux pour nous dans la race. Ne trouves-tu pas qu'on sent l'amour chez elles, comme on sent les parfums chez un coiffeur ? En vérité, ce sont les seules maisons où on s'amuse vraiment pour son argent. Et quelles praticiennes, mon cher ! Quelles artistes ! As-tu quelquefois mangé des gâteaux de boulanger ? Ça a l'air bon, et ça ne vaut rien. L'homme qui les a pétris ne sait faire que du pain. Eh bien ! l'amour d'une femme du monde ordinaire me rappelle toujours ces friandises de mitron, tandis que l'amour qu'on trouve chez les marquises Obardi, vois-tu, c'est du nanan[2]. Oh ! elles savent faire les gâteaux, ces pâtissières-là !

On paie cinq sous chez elles ce qui coûte deux sous ailleurs, et voilà tout. »

Saval demanda :

« Quel est le maître de céans en ce moment ? »

Servigny haussa les épaules avec un geste d'ignorant.

« Je n'en sais rien. Le dernier connu était un pair d'Angleterre, parti depuis trois mois. Aujourd'hui, elle doit vivre sur le commun, sur le jeu peut-être et sur les joueurs, car elle a des caprices. Mais, dis-moi, il est bien entendu que nous allons dîner samedi chez elle, à Bougival, n'est-ce pas ? À la campagne, on est plus libre et je finirai bien par savoir ce qu'Yvette a dans la tête ! »

Saval répondit :

« Moi, je ne demande pas mieux, je n'ai rien à faire ce jour-là. »

En redescendant les Champs-Élysées sous le champ de feu des étoiles, ils dérangèrent un couple étendu sur un banc et Servigny murmura :

« Quelle bêtise et quelle chose considérable en même temps. Comme c'est banal, amusant, toujours pareil et toujours varié, l'amour ! Et le gueux qui paie vingt sous cette fille ne lui demande pas autre chose que ce que je paierais dix mille francs à une Obardi quelconque, pas plus jeune et pas moins bête que cette rouleuse, peut-être ? Quelle niaiserie ! »

Il ne dit rien pendant quelques minutes, puis il prononça de nouveau :

« C'est égal, ce serait une rude chance d'être le premier amant d'Yvette. Oh ! pour cela je donnerais... je donnerais... »

Il ne trouva pas ce qu'il donnerait. Et Saval lui dit bonsoir, comme ils arrivaient au coin de la rue Royale.

II

On avait mis le couvert sur la véranda qui dominait la rivière. La villa Printemps, louée par la marquise Obardi, se trouvait à mi-hauteur du coteau, juste à la courbe de la Seine qui venait tourner devant le mur du jardin, coulant vers Marly[1].

En face de la demeure, l'île de Croissy formait un horizon de grands arbres, une masse de verdure, et on voyait un long bout du large fleuve jusqu'au café flottant de la Grenouillère caché sous les feuillages[2].

Le soir tombait, un de ces soirs calmes du bord de l'eau, colorés et doux, un de ces soirs tranquilles qui donnent la sensation du bonheur. Aucun souffle d'air ne remuait les branches, aucun frisson de vent ne passait sur la surface unie et claire de la Seine. Il ne faisait pas trop chaud cependant, il faisait tiède, il faisait bon vivre. La fraîcheur bienfaisante des berges de la Seine montait vers le ciel serein.

Le soleil s'en allait derrière les arbres, vers d'autres contrées, et on aspirait, semblait-il, le bien-être de la terre endormie déjà, on aspirait dans la paix de l'espace la vie nonchalante du monde.

Quand on sortit du salon pour s'asseoir à table, chacun s'extasia. Une gaieté attendrie envahit les cœurs ; on sentait qu'on serait si bien à dîner là, dans cette campagne, avec cette grande rivière et cette fin de jour pour décors, en respirant cet air limpide et savoureux.

La marquise avait pris le bras de Saval, Yvette celui de Servigny.

Ils étaient seuls tous les quatre.

Les deux femmes semblaient tout autres qu'à Paris, Yvette surtout.

Elle ne parlait plus guère, paraissait alanguie, grave.

Saval, ne la reconnaissant plus, lui demanda :

« Qu'avez-vous donc, mademoiselle ? je vous trouve changée depuis l'autre semaine. Vous êtes devenue une personne toute raisonnable. »

Elle répondit :

« C'est la campagne qui m'a fait ça. Je ne suis plus la même. Je me sens toute drôle. Moi, d'ailleurs, je ne me ressemble jamais deux jours de suite. Aujourd'hui, j'aurai l'air d'une folle, et demain d'une élégie ; je change comme le temps, je ne sais pas pourquoi. Voyez-vous, je suis capable de tout, suivant les moments. Il y a des jours où je tuerais des gens, pas des bêtes, jamais je ne tuerais des bêtes, mais des gens, oui, et puis d'autres jours où je pleure pour un rien. Il me passe dans la tête un tas d'idées différentes. Ça dépend aussi comment on se lève. Chaque matin, en m'éveillant, je pourrais dire ce que je serai jusqu'au soir. Ce sont peut-être nos rêves

qui nous disposent comme ça. Ça dépend aussi
du livre que je viens de lire. »

Elle était vêtue d'une toilette complète de flanelle blanche qui l'enveloppait délicatement dans
la mollesse flottante de l'étoffe. Son corsage large,
à grands plis, indiquait, sans la montrer, sans la
serrer, sa poitrine libre, ferme et déjà mûre. Et
son cou fin sortait d'une mousse de grosses den-
telles, se penchant par mouvements adoucis, plus
blond que sa robe, un bijou de chair, qui portait
le lourd paquet de ses cheveux d'or.

Servigny la regardait longuement. Il prononça :
« Vous êtes adorable, ce soir, mam'zelle. Je voudrais vous voir toujours ainsi. »

Elle lui dit, avec un peu de sa malice ordinaire :

« Ne me faites pas de déclaration, Muscade. Je
la prendrais au sérieux aujourd'hui, et ça pourrait
vous coûter cher ! »

La marquise paraissait heureuse, très heureuse.
Tout en noir, noblement drapée dans une robe
sévère qui dessinait ses lignes pleines et fortes, un
peu de rouge au corsage, une guirlande d'œillets
rouges tombant de la ceinture, comme une
chaîne, et remontant s'attacher sur la hanche,
une rose rouge dans ses cheveux sombres, elle
portait dans toute sa personne, dans cette toilette
simple où ces fleurs semblaient saigner, dans son
regard qui pesait, ce soir-là, sur les gens, dans sa
voix lente, dans ses gestes rares, quelque chose
d'ardent.

Saval aussi semblait sérieux, absorbé. De temps
en temps, il prenait dans sa main, d'un geste
familier, sa barbe brune qu'il portait taillée en

pointe, à la Henri III, et il paraissait songer à des choses profondes.

Personne ne dit rien pendant quelques minutes.

Puis, comme on passait une truite, Servigny déclara :

« Le silence a quelquefois du bon. On est souvent plus près les uns des autres quand on se tait que quand on parle ; n'est-ce pas, marquise ? »

Elle se retourna un peu vers lui, et répondit :

« Ça, c'est vrai. C'est si doux de penser ensemble à des choses agréables. »

Et elle leva son regard chaud vers Saval ; et ils restèrent quelques secondes à se contempler, l'œil dans l'œil.

Un petit mouvement presque invisible eut lieu sous la table.

Servigny reprit :

« Mam'zelle Yvette, vous allez me faire croire que vous êtes amoureuse si vous continuez à être aussi sage que ça. Or, de qui pouvez-vous être amoureuse ? cherchons ensemble, si vous voulez. Je laisse de côté l'armée des soupirants vulgaires, je ne prends que les principaux : du prince Kravalow ? »

À ce nom, Yvette se réveilla :

« Mon pauvre Muscade, y songez-vous ! Mais le prince a l'air d'un Russe de musée de cire, qui aurait obtenu des médailles dans des concours de coiffure.

— Bon. Supprimons le prince ; vous avez donc distingué le vicomte Pierre de Belvigne. »

Cette fois, elle se mit à rire et demanda :

« Me voyez-vous pendue au cou de Raisiné (elle

le baptisait, selon les jours, Raisiné, Malvoisie, Argenteuil[1], car elle donnait des surnoms à tout le monde) et lui murmurer dans le nez : "Mon cher petit Pierre, ou mon divin Pédro, mon adoré Piétri, mon mignon Pierrot, donne ta bonne grosse tête de toutou à ta chère petite femme qui veut l'embrasser." »

Servigny annonça :

« Enlevez le Deux. Reste le chevalier Valréali, que la marquise semble favoriser. »

Yvette retrouva toute sa joie :

« Larme-à-l'Œil ? mais il est pleureur à la Madeleine[2]. Il suit les enterrements de première classe. Je me crois morte toutes les fois qu'il me regarde.

— Et de trois. Alors vous avez eu le coup de foudre pour le baron Saval, ici présent.

— Pour M. de Rhodes fils, non, il est trop fort. Il me semblerait que j'aime l'arc de triomphe de l'Étoile.

— Alors, mam'zelle, il est indubitable que vous êtes amoureuse de moi, car je suis le seul de vos adorateurs dont nous n'ayons point encore parlé. Je m'étais réservé, par modestie, et par prudence. Il me reste à vous remercier. »

Elle répondit, avec une grâce joyeuse :

« De vous, Muscade ? Ah ! mais non. Je vous aime bien... Mais, je ne vous aime pas... attendez, je ne veux pas vous décourager. Je ne vous aime pas... encore. Vous avez des chances... peut-être... Persévérez, Muscade, soyez dévoué, empressé, soumis, plein de soins, de prévenances, docile à mes moindres caprices, prêt à tout pour me plaire... et nous verrons... plus tard.

— Mais, mam'zelle, tout ce que vous récla-
mez là, j'aimerais mieux vous le fournir après
qu'avant, si ça ne vous faisait rien. »

Elle demanda d'un air ingénu de soubrette :

« Après quoi ?... Muscade ?

— Après que vous m'aurez montré que vous
m'aimez, parbleu !

— Eh bien ! faites comme si je vous aimais, et
croyez-le si vous voulez...

— Mais, c'est que...

— Silence, Muscade, en voilà assez sur ce
sujet. »

Il fit le salut militaire et se tut.

Le soleil s'était enfoncé derrière l'île, mais tout
le ciel demeurait flamboyant comme un brasier,
et l'eau calme du fleuve semblait changée en
sang. Les reflets de l'horizon rendaient rouges les
maisons, les objets, les gens. Et la rose écarlate
dans les cheveux de la marquise avait l'air d'une
goutte de pourpre tombée des nuages sur sa tête.

Yvette regardant au loin, sa mère posa, comme
par mégarde, sa main nue sur la main de Saval ;
mais la jeune fille alors ayant fait un mouvement,
la main de la marquise s'envola d'un geste rapide
et vint rajuster quelque chose dans les replis de
son corsage.

Servigny, qui les regardait, prononça :

« Si vous voulez, mam'zelle, nous irons faire un
tour dans l'île après dîner ? »

Elle fut joyeuse de cette idée :

« Oh ! oui ; ce sera charmant ; nous irons tout
seuls, n'est-ce pas, Muscade ?

— Oui, tout seuls, mam'zelle. »

Puis on se tut de nouveau.

Le large silence de l'horizon, le somnolent repos du soir engourdissaient les cœurs, les corps, les voix. Il est des heures tranquilles, des heures recueillies où il devient presque impossible de parler.

Les valets servaient sans bruit. L'incendie du firmament s'éteignait, et la nuit lente déployait ses ombres sur la terre. Saval demanda :

« Avez-vous l'intention de demeurer longtemps dans ce pays ? »

Et la marquise répondit en appuyant sur chaque parole :

« Oui. Tant que j'y serai heureuse. »

Comme on n'y voyait plus, on apporta les lampes. Elles jetèrent sur la table une étrange lumière pâle sous la grande obscurité de l'espace ; et aussitôt une pluie de mouches tomba sur la nappe. C'étaient de toutes petites mouches qui se brûlaient en passant sur les cheminées de verre, puis, les ailes et les pattes grillées, poudraient le linge, les plats, les coupes, d'une sorte de poussière grise et sautillante.

On les avalait dans le vin, on les mangeait dans les sauces, on les voyait remuer sur le pain. Et toujours on avait le visage et les mains chatouillés par la foule innombrable et volante de ces insectes menus.

Il fallait jeter sans cesse les boissons, couvrir les assiettes, manger en cachant les mets avec des précautions infinies.

Ce jeu amusait Yvette, Servigny prenant soin d'abriter ce qu'elle portait à sa bouche, de garan-

tir son verre, d'étendre sur sa tête, comme un toit,
sa serviette déployée. Mais la marquise, dégoûtée,
devint nerveuse, et la fin du dîner fut courte.

Yvette, qui n'avait point oublié la proposition
de Servigny, lui dit :

« Nous allons dans l'île, maintenant. »

Sa mère recommanda d'un ton languissant :

« Surtout, ne soyez pas longtemps. Nous allons,
d'ailleurs, vous conduire jusqu'au passeur. »

Et on partit, toujours deux par deux, la jeune
fille et son ami allant devant, sur le chemin de
halage. Ils entendaient, derrière eux, la marquise
et Saval qui parlaient bas, très bas, très vite. Tout
était noir, d'un noir épais, d'un noir d'encre. Mais
le ciel fourmillant de grains de feu, semblait les
semer dans la rivière, car l'eau sombre était
sablée d'astres.

Les grenouilles maintenant coassaient, poussant, tout le long des berges, leurs notes roulantes
et monotones.

Et d'innombrables rossignols jetaient leur chant
léger dans l'air calme.

Yvette, tout à coup, demanda :

« Tiens ! mais on ne marche plus, derrière
nous. Où sont-ils ? »

Et elle appela :

« Maman ! »

Aucune voix ne répondit. La jeune fille reprit :

« Ils ne peuvent pourtant pas être loin, je les
entendais tout de suite. »

Servigny murmura :

« Ils ont dû retourner. Votre mère avait froid,
peut-être. »

Et il l'entraîna.

Devant eux, une lumière brillait. C'était l'auberge de Martinet, restaurateur et pêcheur. À l'appel des promeneurs, un homme sortit de la maison et ils montèrent dans un gros bateau amarré au milieu des herbes de la rive[1].

Le passeur prit ses avirons, et la lourde barque, avançant, réveillait les étoiles endormies sur l'eau, leur faisait danser une danse éperdue qui se calmait peu à peu derrière eux.

Ils touchèrent l'autre rivage et descendirent sous les grands arbres.

Une fraîcheur de terre humide flottait sous les branches hautes et touffues, qui paraissaient porter autant de rossignols que de feuilles[2].

Un piano lointain se mit à jouer une valse populaire.

Servigny avait pris le bras d'Yvette, et, tout doucement, il glissa la main derrière sa taille et la serra d'une pression douce.

« À quoi pensez-vous ? dit-il.

— Moi ? à rien. Je suis très heureuse !

— Alors vous ne m'aimez point ?

— Mais oui, Muscade, je vous aime, je vous aime beaucoup ; seulement, laissez-moi tranquille avec ça. Il fait trop beau pour écouter vos balivernes. »

Il la serrait contre lui, bien qu'elle essayât, par petites secousses, de se dégager, et, à travers la flanelle moelleuse et douce au toucher, il sentait la tiédeur de sa chair. Il balbutia :

« Yvette !

— Eh bien, quoi ?

— C'est que je vous aime, moi.

— Vous n'êtes pas sérieux, Muscade.

— Mais oui : voilà longtemps que je vous aime. »

Elle tentait toujours de se séparer de lui, s'efforçant de retirer son bras écrasé entre leurs deux poitrines. Et ils marchaient avec peine, gênés par ce lien et par ces mouvements, zigzaguant comme des gens gris.

Il ne savait plus que lui dire, sentant bien qu'on ne parle pas à une jeune fille comme à une femme, troublé, cherchant ce qu'il devait faire, se demandant si elle consentait ou si elle ne comprenait pas, et se courbaturant l'esprit pour trouver les paroles tendres, justes, décisives qu'il fallait.

Il répétait de seconde en seconde :

« Yvette ! Dites, Yvette ! »

Puis, brusquement, à tout hasard, il lui jeta un baiser sur la joue. Elle fit un petit mouvement d'écart, et, d'un air fâché :

« Oh ! que vous êtes ridicule. Allez-vous me laisser tranquille ? »

Le ton de sa voix ne révélait point ce qu'elle pensait, ce qu'elle voulait ; et, ne la voyant pas trop irritée, il appliqua ses lèvres à la naissance du cou, sur le premier duvet doré des cheveux, à cet endroit charmant qu'il convoitait depuis si longtemps.

Alors elle se débattit avec de grands sursauts pour s'échapper. Mais il la tenait vigoureusement, et lui jetant son autre main sur l'épaule, il lui fit de force tourner la tête vers lui, et lui vola sur la bouche une caresse affolante et profonde.

Elle glissa entre ses bras par une rapide ondulation de tout le corps, plongea le long de sa poitrine, et, sortie vivement de son étreinte, elle disparut dans l'ombre avec un grand froissement de jupes, pareil au bruit d'un oiseau qui s'envole.

Il demeura d'abord immobile, surpris par cette souplesse et par cette disparition, puis n'entendant plus rien, il appela à mi-voix :

« Yvette ! »

Elle ne répondit pas. Il se mit à marcher, fouillant les ténèbres de l'œil, cherchant dans les buissons la tache blanche que devait faire sa robe. Tout était noir. Il cria de nouveau plus fort :

« Mam'zelle Yvette ! »

Les rossignols se turent.

Il hâtait le pas, vaguement inquiet, haussant toujours le ton :

« Mam'zelle Yvette ! Mam'zelle Yvette ! »

Rien ; il s'arrêta, écouta. Toute l'île était silencieuse ; à peine un frémissement de feuilles sur sa tête. Seules, les grenouilles continuaient leurs coassements sonores sur les rives.

Alors il erra de taillis en taillis, descendant aux berges droites et broussailleuses du bras rapide, puis retournant aux berges plates et nues du bras mort. Il s'avança jusqu'en face de Bougival, revint à l'établissement de la Grenouillère, fouilla tous les massifs, répétant toujours :

« Mam'zelle Yvette, où êtes-vous ? Répondez ! C'était une farce ! Voyons, répondez ! Ne me faites pas chercher comme ça ! »

Une horloge lointaine se mit à sonner. Il compta les coups : minuit. Il parcourait l'île depuis deux

heures. Alors il pensa qu'elle était peut-être rentrée, et il revint très anxieux, faisant le tour par
le pont.

Un domestique, endormi sur un fauteuil, attendait dans le vestibule.

Servigny, l'ayant réveillé, lui demanda :

« Y a-t-il longtemps que Mlle Yvette est revenue ? Je l'ai quittée au bout du pays parce que
j'avais une visite à faire. »

Et le valet répondit :

« Oh ! oui, monsieur le duc. Mademoiselle est
rentrée avant dix heures. »

Il gagna sa chambre et se mit au lit.

Il demeurait les yeux ouverts, sans pouvoir dormir. Ce baiser volé l'avait agité. Et il songeait.
Que voulait-elle ? que pensait-elle ? que savait-
elle ? Comme elle était jolie, enfiévrante !

Ses désirs, fatigués par la vie qu'il menait, par
toutes les femmes obtenues, par toutes les amours
explorées, se réveillaient devant cette enfant singulière, si fraîche, irritante et inexplicable[1].

Il entendit sonner une heure, puis deux heures.
Il ne dormirait pas, décidément. Il avait chaud,
il suait, il sentait son cœur rapide battre à ses
tempes, et il se leva pour ouvrir la fenêtre.

Un souffle frais entra, qu'il but d'une longue
aspiration. L'ombre épaisse était muette, toute
noire, immobile. Mais soudain, il aperçut devant
lui, dans les ténèbres du jardin, un point luisant ;
on eût dit un petit charbon rouge. Il pensa :

« Tiens, un cigare. — Ça ne peut être que
Saval », et il l'appela doucement :

« Léon ! »

Une voix répondit :

« C'est toi, Jean ?

— Oui. Attends-moi, je descends. »

Il s'habilla, sortit, et, rejoignant son ami qui fumait, à cheval sur une chaise de fer :

« Qu'est-ce que tu fais là, à cette heure ? »

Saval répondit :

« Moi, je me repose ! »

Et il se mit à rire.

Servigny lui serra la main :

« Tous mes compliments, mon cher. Et moi je... je m'embête.

— Ça veut dire que...

— Ça veut dire que... Yvette et sa mère ne se ressemblent pas.

— Que s'est-il passé ? Dis-moi ça ! »

Servigny raconta ses tentatives et leurs insuccès, puis il reprit :

« Décidément, cette petite me trouble. Figure-toi que je n'ai pas pu m'endormir. Que c'est drôle, une fillette. Ça a l'air simple comme tout et on ne sait rien d'elle. Une femme qui a vécu, qui a aimé, qui connaît la vie, on la pénètre très vite. Quand il s'agit d'une vierge, au contraire, on ne devine plus rien. Au fond, je commence à croire qu'elle se moque de moi. »

Saval se balançait sur son siège. Il prononça très lentement :

« Prends garde, mon cher, elle te mène au mariage. Rappelle-toi d'illustres exemples. C'est par le même procédé que Mlle de Montijo, qui était au moins de bonne race, devint impératrice[1]. Ne joue pas les Napoléon. »

Servigny murmura :

« Quant à ça, ne crains rien, je ne suis ni un naïf, ni un empereur. Il faut être l'un ou l'autre pour faire de ces coups de tête. Mais dis-moi : as-tu sommeil, toi ?

— Non, pas du tout.

— Veux-tu faire un tour au bord de l'eau ?

— Volontiers. »

Ils ouvrirent la grille et se mirent à descendre le long de la rivière, vers Marly.

C'était l'heure fraîche qui précède le jour, l'heure du grand sommeil, du grand repos, du calme profond. Les bruits légers de la nuit eux-mêmes s'étaient tus. Les rossignols ne chantaient plus ; les grenouilles avaient fini leur vacarme ; seule, une bête inconnue, un oiseau peut-être, faisait quelque part une sorte de grincement de scie, faible, monotone, régulier comme un travail mécanique.

Servigny, qui avait par moments de la poésie et aussi de la philosophie, dit tout à coup :

« Voilà. Cette fille me trouble tout à fait. En arithmétique, un et un font deux. En amour, un et un devraient faire un, et ça fait deux tout de même. As-tu jamais senti cela, toi ? Ce besoin d'absorber une femme en soi ou de disparaître en elle ? Je ne parle pas du besoin bestial d'étreinte, mais de ce tourment moral et mental de ne faire qu'un avec un être, d'ouvrir à lui toute son âme, tout son cœur et de pénétrer toute sa pensée jusqu'au fond. Et jamais on ne sait rien de lui, jamais on ne découvre toutes les fluctuations de ses volontés, de ses désirs, de ses opinions. Jamais on ne devine, même un peu, tout l'inconnu, tout le mystère d'une âme qu'on sent si proche, d'une âme cachée derrière deux yeux qui vous regardent, clairs comme de l'eau, transparents comme si rien de secret n'était dessous, d'une âme qui vous parle par une bouche aimée qui semble à vous, tant on la désire ; d'une âme qui vous jette une à une, par des mots, ses pensées, et qui reste cependant plus loin de vous que ces étoiles ne sont loin l'une de l'autre, plus impénétrable que ces astres ! C'est drôle, tout ça ? »

Saval répondit :

« Je n'en demande pas tant. Je ne regarde pas derrière les yeux. Je me préoccupe peu du contenu, mais beaucoup du contenant. »

Et Servigny murmura :

« C'est qu'Yvette est une singulière personne. Comment va-t-elle me recevoir ce matin ? »

Comme ils arrivaient à la Machine de Marly[1], ils s'aperçurent que le ciel pâlissait.

Des coqs commençaient à chanter dans les poulaillers ; et leur voix arrivait, un peu voilée par l'épaisseur des murs. Un oiseau pépiait dans un parc, à gauche, répétant sans cesse une petite ritournelle d'une simplicité naïve et comique.

« Il serait temps de rentrer », déclara Saval.

Ils revinrent. Et comme Servigny pénétrait dans sa chambre, il aperçut l'horizon tout rose par sa fenêtre demeurée ouverte.

Alors il ferma sa persienne, tira et croisa ses lourds rideaux, se coucha et s'endormit enfin.

Il rêva d'Yvette tout le long de son sommeil.

Un bruit singulier le réveilla. Il s'assit en son

lit, écouta, n'entendit plus rien. Puis, ce fut tout à coup contre ses auvents un crépitement pareil à celui de la grêle qui tombe.

Il sauta du lit, courut à sa fenêtre, l'ouvrit et aperçut Yvette, debout dans l'allée et qui lui jetait à pleine main des poignées de sable dans la figure.

Elle était habillée de rose, coiffée d'un chapeau de paille à larges bords surmonté d'une plume à la mousquetaire, et elle riait d'une façon sournoise et maligne :

« Eh bien ! Muscade, vous dormez ? Qu'est-ce que vous avez bien pu faire cette nuit pour vous réveiller si tard ? Est-ce que vous avez couru les aventures, mon pauvre Muscade ? »

Il demeurait ébloui par la clarté violente du jour entrée brusquement dans son œil, encore engourdi de fatigue, et surpris de la tranquillité railleuse de la jeune fille.

Il répondit :

« Me v'là, me v'là, mam'zelle. Le temps de me mettre le nez dans l'eau et je descends. »

Elle cria :

« Dépêchez-vous, il est dix heures. Et puis j'ai un grand projet à vous communiquer, un complot que nous allons faire. Vous savez qu'on déjeune à onze heures. »

Il la trouva assise sur un banc, avec un livre sur les genoux, un roman quelconque. Elle lui prit le bras familièrement, amicalement, d'une façon franche et gaie comme si rien ne s'était passé la veille, et l'entraînant au bout du jardin :

« Voilà mon projet. Nous allons désobéir à

maman, et vous me mènerez tantôt à la Grenouillère. Je veux voir ça, moi. Maman dit que
les honnêtes femmes ne peuvent pas aller dans
cet endroit-là. Moi, ça m'est bien égal, qu'on
puisse y aller ou pas y aller. Vous m'y conduirez,
n'est-ce pas, Muscade ? et nous ferons beaucoup
de tapage avec les canotiers. »

Elle sentait bon, sans qu'il pût déterminer
quelle odeur vague et légère voltigeait autour
d'elle. Ce n'était pas un des lourds parfums de sa
mère, mais un souffle discret où il croyait saisir
un soupçon de poudre d'iris, peut-être aussi un
peu de verveine[1].

D'où venait cette senteur insaisissable ? de la
robe, des cheveux ou de la peau ? Il se deman-
dait cela, et, comme elle lui parlait de très près,
il recevait en plein visage son haleine fraîche qui
lui semblait aussi délicieuse à respirer. Alors il
pensa que ce fuyant parfum qu'il cherchait à
reconnaître n'existait peut-être qu'évoqué par ses
yeux charmés et n'était qu'une sorte d'émanation
trompeuse de cette grâce jeune et séduisante.

Elle disait :

« C'est entendu, n'est-ce pas, Muscade ?...
Comme il fera très chaud après déjeuner, maman
ne voudra pas sortir. Elle est très molle quand il
fait chaud. Nous la laisserons avec votre ami et
vous m'emmènerez. Nous serons censés monter
dans la forêt. Si vous saviez comme ça m'amu-
sera de voir la Grenouillère ! »

Ils arrivaient devant la grille, en face de la Seine.
Un flot de soleil tombait sur la rivière endormie
et luisante. Une légère brume de chaleur s'en éle-

vait, une fumée d'eau évaporée qui mettait sur la surface du fleuve une petite vapeur miroitante.

De temps en temps, un canot passait, yole rapide ou lourd bachot, et on entendait au loin des sifflets courts ou prolongés, ceux des trains qui versent, chaque dimanche, le peuple de Paris dans la campagne des environs, et ceux des bateaux à vapeur qui préviennent de leur approche pour passer l'écluse de Marly.

Mais une petite cloche sonna.

On annonçait le déjeuner. Ils rentrèrent.

Le repas fut silencieux. Un pesant midi de juillet écrasait la terre, oppressait les êtres. La chaleur semblait épaisse, paralysait les esprits et les corps. Les paroles engourdies ne sortaient point des lèvres, et les mouvements semblaient pénibles comme si l'air fût devenu résistant, plus difficile à traverser.

Seule, Yvette, bien que muette, paraissait animée, nerveuse d'impatience.

Dès qu'on eut fini le dessert elle demanda :

« Si nous allions nous promener dans la forêt. Il ferait joliment bon sous les arbres. »

La marquise, qui avait l'air exténué, murmura :

« Es-tu folle ? Est-ce qu'on peut sortir par un temps pareil ? »

Et la jeune fille, ravie, reprit :

« Eh bien ! nous allons te laisser le baron, pour te tenir compagnie. Muscade et moi, nous grimperons la côte et nous nous assoirons sur l'herbe pour lire. »

Et se tournant vers Servigny :

« Hein ? C'est entendu ? »

Il répondit :

« À votre service, mam'zelle. »

Et elle courut prendre son chapeau.

La marquise haussa les épaules en soupirant :

« Elle est folle, vraiment. »

Puis elle tendit avec une paresse, une fatigue dans son geste amoureux et las, sa belle main pâle au baron qui la baisa lentement.

Yvette et Servigny partirent. Ils suivirent d'abord la rive, passèrent le pont, entrèrent dans l'île, puis s'assirent sur la berge, du côté du bras rapide, sous les saules, car il était trop tôt encore pour aller à la Grenouillère.

La jeune fille aussitôt tira un livre de sa poche et dit en riant :

« Muscade, vous allez me faire la lecture. »

Et elle lui tendit le volume.

Il eut un mouvement de fuite.

« Moi, mam'zelle ? <u>mais je ne sais pas lire !</u> »

Elle reprit avec gravité :

« Allons, pas d'excuses, pas de raisons. Vous me faites encore l'effet d'un joli soupirant, vous ? Tout pour rien, n'est-ce pas ? C'est votre devise ? »

Il reçut le livre, l'ouvrit, resta surpris. C'était un traité d'entomologie. Une histoire des fourmis par un auteur anglais[1]. Et comme il demeurait immobile, croyant qu'elle se moquait de lui, elle s'impatienta : « Voyons, lisez », dit-elle.

Il demanda :

« Est-ce une gageure ou bien une simple toquade ?

— Non, mon cher, j'ai vu ce livre-là chez un libraire. On m'a dit que c'était ce qu'il y avait de mieux sur les fourmis et j'ai pensé que ce serait amusant d'apprendre la vie de ces petites bêtes en les regardant courir dans l'herbe, lisez. »

Elle s'étendit tout du long, sur le ventre, les coudes appuyés sur le sol et la tête entre les mains, les yeux fixés dans le gazon.

Il lut :

« Sans doute les singes anthropoïdes sont, de tous les animaux, ceux qui se rapprochent le plus de l'homme par leur structure anatomique ; mais si nous considérons les mœurs des fourmis, leur organisation en sociétés, leurs vastes communautés, les maisons et les routes qu'elles construisent, leur habitude de domestiquer des animaux, et même parfois de faire des esclaves, nous sommes forcés d'admettre qu'elles ont droit à réclamer une place près de l'homme dans l'échelle de l'intelligence... »

Et il continua d'une voix monotone, s'arrêtant de temps en temps pour demander :

« Ce n'est pas assez ? »

Elle faisait « non » de la tête ; et ayant cueilli à la pointe d'un brin d'herbe arraché, une fourmi errante, elle s'amusait à la faire aller d'un bout à l'autre de cette tige, qu'elle renversait dès que la bête atteignait une des extrémités. Elle écoutait avec une attention concentrée et muette tous les détails surprenants sur la vie de ces frêles animaux, sur leurs installations souterraines, sur la manière dont elles élèvent, enferment et nourrissent des pucerons pour boire la liqueur sucrée qu'ils sécrètent, comme nous élevons des vaches en nos étables, sur leur coutume de domestiquer

des petits insectes aveugles qui nettoient les four-
milières, et d'aller en guerre pour ramener des
esclaves qui prendront soin des vainqueurs, avec
tant de sollicitude que ceux-ci perdront même
l'habitude de manger tout seuls.

Et peu à peu, comme si une tendresse mater-
nelle s'était éveillée en son cœur pour la bestiole
si petiote et si intelligente, Yvette la faisait grimper sur son doigt, la regardant d'un œil ému, avec
une envie de l'embrasser.

Et comme Servigny lisait la façon dont elles
vivent en communauté, dont elles jouent entre
elles en des luttes amicales de force et d'adresse,
la jeune fille enthousiasmée voulut baiser l'in-
secte qui lui échappa et se mit à courir sur sa
figure. Alors elle poussa un cri perçant comme
si elle eût été menacée d'un danger terrible, et,
avec des gestes affolés, elle se frappait la joue
pour rejeter la bête. Servigny, pris d'un fou rire,
la cueillit près des cheveux et mit à la place où il
l'avait prise un long baiser sans qu'Yvette éloignât
son front.

Puis elle déclara en se levant :

« J'aime mieux ça qu'un roman. Allons à la Grenouillère maintenant. »

Ils arrivèrent à la partie de l'île plantée en parc
et ombragée d'arbres immenses. Des couples
erraient sous les hauts feuillages, le long de la
Seine, où glissaient les canots. C'étaient des filles
avec des jeunes gens, des ouvrières avec leurs
amants qui allaient en manches de chemise, la
redingote sur le bras, le haut chapeau en arrière,
d'un air pochard et fatigué, des bourgeois avec

leurs familles, les femmes endimanchées et les enfants trottinant comme une couvée de poussins autour de leurs parents.

Une rumeur lointaine et continue de voix humaines, une clameur sourde et grondante annonçait l'établissement cher aux canotiers.

Ils l'aperçurent tout à coup[1]. Un immense bateau, coiffé d'un toit, amarré contre la berge, portait un peuple de femelles et de mâles attablés et buvant ou bien debout, criant, chantant, gueulant, dansant, cabriolant au bruit d'un piano geignard, faux et vibrant comme un chaudron.

De grandes filles en cheveux roux, étalant, par-devant et par-derrière, la double provocation de leur gorge et de leur croupe, circulaient, l'œil accrochant, la lèvre rouge, aux trois quarts grises, des mots obscènes à la bouche.

D'autres dansaient éperdument en face de gaillards à moitié nus, vêtus d'une culotte de toile et d'un maillot de coton, et coiffés d'une toque de couleur, comme des jockeys.

Et tout cela exhalait une odeur de sueur et de poudre de riz, des émanations de parfumerie et d'aisselles.

Les buveurs, autour des tables, engloutissaient des liquides blancs, rouges, jaunes, verts, et criaient, vociféraient sans raison, cédant à un besoin violent de faire du tapage, à un besoin de brutes d'avoir les oreilles et le cerveau pleins de vacarme.

De seconde en seconde un nageur, debout sur le toit, sautait à l'eau, jetant une pluie d'éclaboussures sur les consommateurs les plus proches, qui poussaient des hurlements de sauvages.

Et sur le fleuve une flotte d'embarcations passait. Les yoles longues et minces filaient, enlevées à grands coups d'aviron par les rameurs aux bras nus, dont les muscles roulaient sous la peau brûlée. Les canotières en robe de flanelle bleue ou de flanelle rouge, une ombrelle, rouge ou bleue aussi, ouverte sur la tête, éclatante sous l'ardent soleil, se renversaient dans leur fauteuil à l'arrière des barques, et semblaient courir sur l'eau, dans une pose immobile et endormie[1].

Des bateaux plus lourds s'en venaient lentement, chargés de monde. Un collégien en goguette, voulant faire le beau, ramait avec des mouvements d'aile de moulin, et se heurtait à tous les canots, dont tous les canotiers l'engueulaient, puis il disparaissait éperdu, après avoir failli noyer deux nageurs, poursuivi par les vociférations de la foule entassée dans le grand café flottant.

Yvette, radieuse, passait au bras de Servigny au milieu de cette foule bruyante et mêlée, semblait heureuse de ces coudoiements suspects, dévisageait les filles d'un œil tranquille et bienveillant.

« Regardez celle-là, Muscade, quels jolis cheveux elle a ! Elles ont l'air de s'amuser beaucoup. »

Comme le pianiste, un canotier vêtu de rouge et coiffé d'une sorte de colossal chapeau parasol en paille, attaquait une valse, Yvette saisit brusquement son compagnon par les reins et l'enleva avec cette furie qu'elle mettait à danser. Ils allèrent si longtemps et si frénétiquement que tout le monde les regardait. Les consommateurs, debout sur les tables, battaient une sorte de mesure avec leurs pieds ; d'autres heurtaient les verres ; et le musicien semblait devenir enragé, tapait les touches d'ivoire avec des bondissements de la main, des gestes fous de tout le corps, en balançant éperdument sa tête abritée de son immense couvre-chef.

Tout d'un coup il s'arrêta, et, se laissant glisser par terre, s'affaissa tout du long sur le sol, enseveli sous sa coiffure, comme s'il était mort de fatigue. Un grand rire éclata dans le café, et tout le monde applaudit.

Quatre amis se précipitèrent comme on fait dans les accidents, et, ramassant leur camarade, l'emportèrent par les quatre membres, après avoir posé sur son ventre l'espèce de toit dont il se coiffait.

Un farceur les suivant entonna le *De Profundis*, et une procession se forma derrière le faux mort, se déroulant par les chemins de l'île, entraînant à la suite les consommateurs, les promeneurs, tous les gens qu'on rencontrait.

Yvette s'élança, ravie, riant de tout son cœur, causant avec tout le monde, affolée par le mouvement et le bruit. Des jeunes gens la regardaient au fond des yeux, se pressaient contre elle, très allumés, semblaient la flairer, la dévêtir du regard : et Servigny commençait à craindre que l'aventure ne tournât mal à la fin.

La procession allait toujours, accélérant son allure, car les quatre porteurs avaient pris le pas de course, suivis par la foule hurlante. Mais, tout à coup, ils se dirigèrent vers la berge, s'arrêtèrent net en arrivant au bord, balancèrent un instant leur camarade, puis, le lâchant tous les quatre en même temps, le lancèrent dans la rivière.

Un immense cri de joie jaillit de toutes les bouches, tandis que le pianiste, étourdi, barbotait, jurait, toussait, crachait de l'eau, et, embourbé dans la vase, s'efforçait de remonter au rivage.

Son chapeau, qui s'en allait au courant, fut rapporté par une barque.

Yvette dansait de plaisir en battant des mains et répétant :

« Oh ! Muscade, comme je m'amuse, comme je m'amuse ! »

Servigny l'observait, redevenu sérieux, un peu gêné, un peu froissé de la voir si bien à son aise dans ce milieu canaille. Une sorte d'instinct se révoltait en lui, cet instinct du comme il faut qu'un homme bien né garde toujours, même quand il s'abandonne, cet instinct qui l'écarte des familiarités trop viles et des contacts trop salissants.

Il se disait, s'étonnant :

« Bigre, tu as de la race, toi ! »

Et il avait envie de la tutoyer vraiment, comme il la tutoyait dans sa pensée, comme on tutoie, la première fois qu'on les voit, les femmes qui sont à tous. Il ne la distinguait plus guère des créatures à cheveux roux qui les frôlaient et qui criaient, de leurs voix enrouées, des mots obscènes. Ils couraient dans cette foule ; ces mots grossiers, courts et sonores, semblaient voltiger au-dessus, nés là-dedans comme des mouches sur un fumier[1].

Ils ne semblaient ni choquer, ni surprendre personne. Yvette ne paraissait point les remarquer.

« Muscade, je veux me baigner, dit-elle, nous allons faire une pleine eau[1]. »

Il répondit :

« À vot' service. » Et ils allèrent au bureau des bains pour se procurer des costumes. Elle fut déshabillée la première et elle l'attendit, debout, sur la rive, souriante sous tous les regards. Puis ils s'en allèrent côte à côte, dans l'eau tiède.

Elle nageait avec bonheur, avec ivresse, toute caressée par l'onde, frémissant d'un plaisir sensuel, soulevée à chaque brasse comme si elle allait s'élancer hors du fleuve. Il la suivait avec peine, essoufflé, mécontent de se sentir médiocre. Mais elle ralentit son allure, puis, se tournant brusquement, elle fit la planche, les bras croisés, les yeux ouverts dans le bleu du ciel. Il regardait, allongée ainsi à la surface de la rivière, la ligne onduleuse de son corps, les seins fermes, collés contre l'étoffe légère, montrant leur forme ronde et leurs sommets saillants, le ventre doucement soulevé, la cuisse un peu noyée, le mollet nu, miroitant à travers l'eau et le pied mignon qui émergeait.

Il la voyait tout entière, comme si elle se fût montrée exprès, pour le tenter, pour s'offrir ou pour se jouer encore de lui. Et il se mit à la désirer avec une ardeur passionnée et un énervement exaspéré. Tout à coup elle se retourna, le regarda, se mit à rire.

« Vous avez une bonne tête », dit-elle.

Il fut piqué, irrité de cette raillerie, saisi par une colère méchante d'amoureux bafoué ; alors, cédant brusquement à un obscur besoin de représailles, à un désir de se venger, de la blesser :

« Ça vous irait, cette vie-là ? »

Elle demanda avec son grand air naïf :

« Quoi donc ?

— Allons, ne vous fichez pas de moi. Vous savez bien ce que je veux dire !

— Non, parole d'honneur.

— Voyons, finissons cette comédie. Voulez-vous ou ne voulez-vous pas ?

— Je ne vous comprends point.

— Vous n'êtes pas si bête que ça. D'ailleurs, je vous l'ai dit hier soir.

— Quoi donc ? j'ai oublié.

— Que je vous aime.

— Vous ?

— Moi.

— Quelle blague !

— Je vous jure.

— Eh bien, prouvez-le.

— Je ne demande que ça !

— Quoi, ça ?

— À le prouver.

— Eh bien, faites.

— Vous n'en disiez pas autant hier soir ?

— Vous ne m'avez rien proposé.

— C'te bêtise !

— Et puis d'abord ce n'est pas à moi qu'il faut vous adresser.

— Elle est bien bonne ! À qui donc ?

— Mais à maman, bien entendu. »

Il poussa un éclat de rire.

« À votre mère ? non, c'est trop fort ! »

Elle était devenue soudain très sérieuse, et, le regardant au fond des yeux :

« Écoutez, Muscade, si vous m'aimez vraiment assez pour m'épouser, parlez à maman d'abord, moi je vous répondrai après. »

Il crut qu'elle se moquait encore de lui, et, rageant tout à fait :

« Mam'zelle, vous me prenez pour un autre. »

Elle le regardait toujours, de son œil doux et clair.

Elle hésita, puis elle dit :

« Je ne vous comprends toujours pas ! »

Alors, il prononça vivement, avec quelque chose de brusque et de mauvais dans la voix :

« Voyons, Yvette, finissons cette comédie ridicule qui dure depuis trop longtemps. Vous jouez à la petite fille niaise, et ce rôle ne vous va point, croyez-moi. Vous savez bien qu'il ne peut pas s'agir de mariage entre nous... mais d'amour. Je vous ai dit que je vous aimais — c'est la vérité —, je le répète, je vous aime. Ne faites plus semblant de ne pas comprendre et ne me traitez pas comme un sot. »

Ils étaient debout dans l'eau face à face, se soutenant seulement par de petits mouvements des mains. Elle demeura quelques secondes encore immobile, comme si elle ne pouvait se décider à pénétrer le sens de ses paroles, puis elle rougit tout à coup, elle rougit jusqu'aux cheveux. Toute sa figure s'empourpra brusquement depuis son cou jusqu'à ses oreilles qui devinrent presque violettes, et, sans répondre un mot, elle se sauva vers la terre, nageant de toute sa force, par grandes brasses précipitées. Il ne la pouvait rejoindre et il soufflait de fatigue en la suivant.

Il la vit sortir de l'eau, ramasser son peignoir, et gagner sa cabine sans s'être retournée.

Il fut longtemps à s'habiller, très perplexe sur ce qu'il avait à faire, cherchant ce qu'il allait lui dire, se demandant s'il devait s'excuser ou persévérer.

Quand il fut prêt, elle était partie, partie toute seule. Il rentra lentement, anxieux et troublé.

La marquise se promenait au bras de Saval dans l'allée ronde, autour du gazon.

En voyant Servigny, elle prononça, de cet air nonchalant qu'elle gardait depuis la veille :

« Qu'est-ce que j'avais dit, qu'il ne fallait point sortir par une chaleur pareille. Voilà Yvette avec un coup de soleil. Elle est partie se coucher. Elle était comme un coquelicot, la pauvre enfant, et elle a une migraine atroce. Vous vous serez promenés en plein soleil, vous aurez fait des folies. Que sais-je, moi ? Vous êtes aussi peu raisonnable qu'elle. »

La jeune fille ne descendit point pour dîner. Comme on voulait lui porter à manger, elle répondit à travers la porte qu'elle n'avait pas faim, car elle s'était enfermée, et elle pria qu'on la laissât tranquille. Les deux jeunes gens partirent par le train de dix heures, en promettant de revenir le jeudi suivant, et la marquise s'assit devant sa fenêtre ouverte pour rêver, écoutant au loin l'orchestre du bal des canotiers jeter sa musique sautillante dans le grand silence solennel de la nuit.

Entraînée pour l'amour et par l'amour, comme

on l'est pour le cheval ou l'aviron, elle avait de subites tendresses qui l'envahissaient comme une maladie. Ces passions la saisissaient brusquement, la pénétraient tout entière, l'affolaient, l'énervaient ou l'accablaient, selon qu'elles avaient un caractère exalté, violent, dramatique ou sentimental.

Elle était une de ces femmes créées pour aimer et pour être aimées. Partie de très bas, arrivée par l'amour dont elle avait fait une profession presque sans le savoir, agissant par instinct, par adresse innée, elle acceptait l'argent comme les baisers, naturellement, sans distinguer, employant son flair remarquable d'une façon irraisonnée et simple, comme font les animaux, que rendent subtils les nécessités de l'existence. Beaucoup d'hommes avaient passé dans ses bras sans qu'elle éprouvât pour eux aucune tendresse, sans qu'elle ressentît non plus aucun dégoût de leurs étreintes.

Elle subissait les enlacements quelconques avec une indifférence tranquille, comme on mange, en voyage, de toutes les cuisines, car il faut bien vivre. Mais, de temps en temps, son cœur ou sa chair s'allumait, et elle tombait alors dans une grande passion qui durait quelques semaines ou quelques mois, selon les qualités physiques ou morales de son amant.

C'étaient les moments délicieux de sa vie. Elle aimait de toute son âme, de tout son corps, avec emportement, avec extase. Elle se jetait dans l'amour comme on se jette dans un fleuve pour se noyer et se laissait emporter, prête à mourir s'il le fallait, enivrée, affolée, infiniment heureuse. Elle s'imaginait chaque fois n'avoir jamais ressenti pareille chose auparavant, et elle se serait fort étonnée si on lui eût rappelé de combien d'hommes différents elle avait rêvé éperdument pendant des nuits entières, en regardant les étoiles.

Saval l'avait captivée, capturée corps et âme. Elle songeait à lui, bercée par son image et par son souvenir, dans l'exaltation calme du bonheur accompli, du bonheur présent et certain.

Un bruit derrière elle la fit se retourner. Yvette venait d'entrer, encore vêtue comme dans le jour, mais pâle maintenant et les yeux luisants comme on les a après de grandes fatigues.

Elle s'appuya au bord de la fenêtre ouverte, en face de sa mère.

« J'ai à te parler », dit-elle.

La marquise, étonnée, la regardait. Elle l'aimait en mère égoïste, fière de sa beauté, comme on l'est d'une fortune, trop belle encore elle-même pour devenir jalouse, trop indifférente pour faire les projets qu'on lui prêtait, trop subtile cependant pour ne pas avoir la conscience de cette valeur.

Elle répondit :

« Je t'écoute, mon enfant, qu'y a-t-il ? »

Yvette la pénétrait du regard comme pour lire au fond de son âme, comme pour saisir toutes les sensations qu'allaient éveiller ses paroles.

« Voilà. Il s'est passé tantôt quelque chose d'extraordinaire.

— Quoi donc ?

— M. de Servigny m'a dit qu'il m'aimait. »

La marquise, inquiète, attendait. Comme Yvette ne parlait plus, elle demanda :

« Comment t'a-t-il dit cela ? Explique-toi ! »

Alors la jeune fille, s'asseyant aux pieds de sa mère dans une pose câline qui lui était familière, et pressant ses mains, ajouta :

« Il m'a demandée en mariage. »

Mme Obardi fit un geste brusque de stupéfaction, et s'écria :

« Servigny ? mais tu es folle ! »

Yvette n'avait point détourné les yeux du visage de sa mère, épiant sa pensée et sa surprise. Elle demanda d'une voix grave :

« Pourquoi suis-je folle ? Pourquoi M. de Servigny ne m'épouserait-il pas ? »

La marquise, embarrassée, balbutia :

« Tu t'es trompée, ce n'est pas possible. Tu as mal entendu ou mal compris. M. de Servigny est trop riche pour toi... et trop... trop... parisien pour se marier. »

Yvette s'était levée lentement. Elle ajouta :

« Mais s'il m'aime comme il le dit, maman ? »

Sa mère reprit avec un peu d'impatience :

« Je te croyais assez grande et assez instruite de la vie pour ne pas te faire de ces idées-là. Servigny est un viveur et un égoïste. Il n'épousera qu'une femme de son monde et de sa fortune. S'il t'a demandée en mariage... c'est qu'il veut... c'est qu'il veut... »

La marquise, incapable de dire ses soupçons, se tut une seconde, puis reprit :

« Tiens, laisse-moi tranquille, et va te coucher. »

Et la jeune fille, comme si elle savait maintenant ce qu'elle désirait, répondit d'une voix docile :

« Oui, maman. »

Elle baisa sa mère au front et s'éloigna d'un pas très calme.

Comme elle allait franchir la porte, la marquise la rappela :

« Et ton coup de soleil ? dit-elle.

— Je n'avais rien. C'était ça qui m'avait rendue toute chose. »

Et la marquise ajouta :

« Nous en reparlerons. Mais, surtout, ne reste plus seule avec lui d'ici quelque temps, et sois bien sûre qu'il ne t'épousera pas, entends-tu, et qu'il veut seulement te... compromettre. »

Elle n'avait point trouvé mieux pour exprimer sa pensée. Et Yvette rentra chez elle.

Mme Obardi se mit à songer.

Vivant depuis des années dans une quiétude amoureuse et opulente, elle avait écarté avec soin de son esprit toutes les réflexions qui pouvaient la préoccuper, l'inquiéter ou l'attrister. Jamais elle n'avait voulu se demander ce que deviendrait Yvette ; il serait toujours assez tôt d'y songer quand les difficultés arriveraient. Elle sentait bien, avec son flair de courtisane, que sa fille ne pourrait épouser un homme riche et du vrai monde que par un hasard tout à fait improbable, par une de ces surprises de l'amour qui placent des aventurières sur les trônes. Elle n'y comptait point, d'ailleurs, trop occupée d'elle-même pour combiner des projets qui ne la concernaient pas directement.

Yvette ferait comme sa mère, sans doute. Elle

serait une femme d'amour. Pourquoi pas ? Mais jamais la marquise n'avait osé se demander quand, ni comment, cela arriverait.

Et voilà que sa fille, tout d'un coup, sans préparation, lui posait une de ces questions auxquelles on ne pouvait pas répondre, la forçait à prendre une attitude dans une affaire si difficile, si délicate, si dangereuse à tous égards et si troublante pour sa conscience, pour la conscience qu'on doit montrer quand il s'agit de son enfant et de ces choses.

Elle avait trop d'astuce naturelle, astuce sommeillante, mais jamais endormie, pour s'être trompée une minute sur les intentions de Servigny, car elle connaissait les hommes, par expérience, et surtout les hommes de cette race-là. Aussi, dès les premiers mots prononcés par Yvette s'était-elle écriée presque malgré elle :

« Servigny, t'épouser ? Mais tu es folle ! »

Comment avait-il employé ce vieux moyen, lui, ce malin, ce roué, cet homme à fêtes et à femmes. Qu'allait-il faire à présent ? Et elle, la petite, comment la prévenir plus clairement, la défendre même ? car elle pouvait se laisser aller à de grosses bêtises.

Aurait-on jamais cru que cette grande fille était demeurée aussi naïve, aussi peu instruite et peu rusée ?

Et la marquise, fort perplexe et fatiguée déjà de réfléchir, cherchait ce qu'il fallait faire, sans trouver rien, car la situation lui semblait vraiment embarrassante.

Et, lasse de ces tracas, elle pensa :

« Bah ! je les surveillerai de près, j'agirai suivant les circonstances. S'il le faut même je parlerai à Servigny, qui est fin et qui me comprendra à demi-mot. »

Elle ne se demanda pas ce qu'elle lui dirait, ni ce qu'il répondrait, ni quel genre de convention pourrait s'établir entre eux, mais heureuse d'être soulagée de ce souci sans avoir eu à prendre de résolution, elle se remit à songer au beau Saval, et, les yeux perdus dans la nuit, tournés vers la droite, vers cette lueur brumeuse qui plane sur Paris, elle envoya de ses deux mains des baisers vers la grande ville, des baisers rapides qu'elle jetait dans l'ombre, l'un sur l'autre, sans compter ; et tout bas, comme si elle lui eût parlé encore, elle murmurait :

« Je t'aime, je t'aime ! »

III

Yvette aussi ne dormait point. Comme sa mère, elle s'accouda à la fenêtre ouverte, et des larmes, ses premières larmes tristes lui emplirent les yeux.

Jusque-là elle avait vécu, elle avait grandi dans cette confiance étourdie et sereine de la jeunesse heureuse. Pourquoi aurait-elle songé, réfléchi, cherché ? Pourquoi n'aurait-elle pas été une jeune fille comme toutes les jeunes filles ? Pourquoi un doute, pourquoi une crainte, pourquoi des soupçons pénibles lui seraient-ils venus ?

Elle semblait instruite de tout parce qu'elle avait l'air de parler de tout, parce qu'elle avait pris le ton, l'allure, les mots osés des gens qui vivaient autour d'elle. Mais elle n'en savait guère plus qu'une fillette élevée en un couvent, ses audaces de parole venant de sa mémoire, de cette faculté d'imitation et d'assimilation qu'ont les femmes, et non d'une pensée instruite et devenue hardie.

Elle parlait de l'amour comme le fils d'un peintre ou d'un musicien parlerait peinture ou musique à dix ou douze ans. Elle savait ou plutôt elle soupçonnait bien quel genre de mystère cachait ce mot — trop de plaisanteries avaient été chuchotées devant elle pour que son innocence n'eût pas été un peu éclairée — mais comment aurait-elle pu conclure de là que toutes les familles ne ressemblaient pas à la sienne ?

On baisait la main de sa mère avec un respect apparent ; tous leurs amis portaient des titres ; tous étaient ou paraissaient riches ; tous nommaient familièrement des princes de lignée royale. Deux fils de rois étaient même venus plusieurs fois, le soir, chez la marquise ! Comment aurait-elle su ?

Et puis elle était naturellement naïve. Elle ne cherchait pas, elle ne flairait point les gens comme faisait sa mère. Elle vivait tranquille, trop joyeuse de vivre pour s'inquiéter de ce qui aurait peut-être paru suspect à des êtres plus calmes, plus réfléchis, plus enfermés, moins expansifs et moins triomphants.

Mais voilà que tout d'un coup, Servigny, par quelques mots dont elle avait senti la brutalité sans la comprendre, venait d'éveiller en elle une inquiétude subite, irraisonnée d'abord, puis une appréhension harcelante.

Elle était rentrée, elle s'était sauvée à la façon d'une bête blessée, blessée en effet profondément par ces paroles qu'elle se répétait sans cesse pour en pénétrer tout le sens, pour en deviner toute la portée : « Vous savez bien qu'il ne peut pas s'agir de mariage entre nous... mais d'amour ? »

Qu'avait-il voulu dire ? Et pourquoi cette injure ? Elle ignorait donc quelque chose, quelque secret, quelque honte ? Elle était seule à l'ignorer sans doute ? Mais quoi ? Elle demeurait effarée, atterrée, comme lorsqu'on découvre une infamie cachée, la trahison d'un être aimé, un de ces désastres du cœur qui vous affolent.

Et elle avait songé, réfléchi, cherché, pleuré, mordue de craintes et de soupçons. Puis son âme jeune et joyeuse se rassérénant, elle s'était mise à arranger une aventure, à combiner une situation anormale et dramatique faite de tous les souvenirs des romans poétiques qu'elle avait lus. Elle se rappelait des péripéties émouvantes, des histoires sombres et attendrissantes qu'elle mêlait, dont elle faisait sa propre histoire, dont elle embellissait le mystère entrevu, enveloppant sa vie.

Elle ne se désolait déjà plus, elle rêvait, elle soulevait des voiles, elle se figurait des complications invraisemblables, mille choses singulières, terribles, séduisantes quand même par leur étrangeté.

Serait-elle, par hasard, la fille naturelle d'un

prince ? Sa pauvre mère séduite et délaissée, faite marquise par un roi, par le roi Victor-Emmanuel[1] peut-être, avait dû fuir devant la colère de sa famille ?

N'était-elle pas plutôt une enfant abandonnée par ses parents, par des parents très nobles et très illustres, fruit d'un amour coupable, recueillie par la marquise, qui l'avait adoptée et élevée ?

D'autres suppositions encore lui traversaient l'esprit. Elle les acceptait ou les rejetait au gré de sa fantaisie. Elle s'attendrissait sur elle-même, heureuse au fond et triste aussi, satisfaite surtout de devenir une sorte d'héroïne de livre qui aurait à se montrer, à se poser, à prendre une attitude noble et digne d'elle. Et elle pensait au rôle qu'il lui faudrait jouer, selon les événements devinés. Elle le voyait vaguement, ce rôle, pareil à celui d'un personnage de M. Scribe ou de Mme Sand[2]. Il serait fait de dévouement, de fierté, d'abnégation, de grandeur d'âme, de tendresse et de belles paroles. Sa nature mobile se réjouissait presque de cette attitude nouvelle.

Elle était demeurée jusqu'au soir à méditer sur ce qu'elle allait faire, cherchant comment elle s'y prendrait pour arracher la vérité à la marquise.

Et quand fut venue la nuit, favorable aux situations tragiques, elle avait enfin combiné une ruse simple et subtile pour obtenir ce qu'elle voulait ; c'était de dire brusquement à sa mère que Servigny l'avait demandée en mariage.

À cette nouvelle, Mme Obardi, surprise, laisserait certainement échapper un mot, un cri qui jetterait une lumière dans l'esprit de sa fille.

Et Yvette avait aussitôt accompli son projet.

Elle s'attendait à une explosion d'étonnement, à une expansion d'amour, à une confidence pleine de gestes et de larmes.

Mais, voilà que sa mère, sans paraître stupéfaite ou désolée, n'avait semblé qu'ennuyée ; et, au ton gêné, mécontent et troublé qu'elle avait pris pour lui répondre, la jeune fille, chez qui s'éveillaient subitement toute l'astuce, la finesse et la rouerie féminines, comprenant qu'il ne fallait pas insister, que le mystère était d'autre nature, qu'il lui serait plus pénible à apprendre, et qu'elle le devait deviner toute seule, était rentrée dans sa chambre, le cœur serré, l'âme en détresse, accablée maintenant sous l'appréhension d'un vrai malheur, sans savoir au juste d'où ni pourquoi lui venait cette émotion. Et elle pleurait, accoudée à sa fenêtre.

Elle pleura longtemps, sans songer à rien maintenant, sans chercher à rien découvrir de plus ; et peu à peu, la lassitude l'accablant, elle ferma les yeux. Elle s'assoupissait alors quelques minutes, de ce sommeil fatigant des gens éreintés qui n'ont point l'énergie de se dévêtir et de gagner leur lit, de ce sommeil lourd et coupé par des réveils brusques, quand la tête glisse entre les mains.

Elle ne se coucha qu'aux premières lueurs du jour, lorsque le froid du matin, la glaçant, la contraignit à quitter la fenêtre.

Elle garda le lendemain et le jour suivant une attitude réservée et mélancolique. Un travail incessant et rapide se faisait en elle, un travail de réflexion ; elle apprenait à épier, à deviner, à raisonner. Une lueur, vague encore, lui semblait éclairer d'une nouvelle manière les hommes et les choses autour d'elle ; et une suspicion lui venait contre tous, contre tout ce qu'elle avait cru, contre sa mère. Toutes les suppositions, elle les fit en ces deux jours. Elle envisagea toutes les possibilités, se jetant dans les résolutions les plus extrêmes avec la brusquerie de sa nature changeante et sans mesure. Le mercredi, elle arrêta un plan, toute une règle de tenue et un système d'espionnage. Elle se leva le jeudi matin avec la résolution d'être plus rouée qu'un policier, et armée en guerre contre tout le monde.

Elle se résolut même à prendre pour devise ces deux mots : « Moi seule », et elle chercha pendant plus d'une heure de quelle manière il les fallait disposer pour qu'ils fissent bon effet, gravés autour de son chiffre, sur son papier à lettres.

Saval et Servigny arrivèrent à dix heures. La jeune fille tendit sa main avec réserve, sans embarras, et, d'un ton familier, bien que grave :

« Bonjour, Muscade, ça va bien ?

— Bonjour, mam'zelle, pas mal, et vous ? »

Il la guettait.

« Quelle comédie va-t-elle me jouer ? » se disait-il.

La marquise ayant pris le bras de Saval, il prit celui d'Yvette et ils se mirent à tourner autour du gazon, paraissant et disparaissant à tout moment derrière les massifs et les bouquets d'arbres.

Yvette allait d'un air sage et réfléchi, regardant le sable de l'allée, paraissant à peine écouter ce que disait son compagnon et n'y répondant guère.

Tout à coup, elle demanda :

« Êtes-vous vraiment mon ami, Muscade ? »

— Parbleu, mam'zelle.

— Mais là, vraiment, vraiment, bien vraiment de vraiment.

— Tout entier votre ami, mam'zelle, corps et âme.

— Jusqu'à ne pas mentir une fois, une fois seulement.

— Même deux fois, s'il le faut.

— Jusqu'à me dire toute la vérité, la sale vérité tout entière.

— Oui, mam'zelle.

— Eh bien, qu'est-ce que vous pensez, au fond, tout au fond, du prince Kravalow ?

— Ah ! diable !

— Vous voyez bien que vous vous préparez déjà à mentir ?

— Non pas, mais je cherche mes mots, des mots bien justes. Mon Dieu, le prince Kravalow est un Russe... un vrai Russe, qui parle russe, qui est né en Russie, qui a eu peut-être un passeport pour venir en France, et qui n'a de faux que son nom et que son titre. »

Elle le regardait au fond des yeux.

« Vous voulez dire que c'est ?... »

Il hésita, puis, se décidant :

« Un aventurier, mam'zelle.

— Merci. Et le chevalier Valréali ne vaut pas mieux, n'est-ce pas ?

— Vous l'avez dit.

— Et M. de Belvigne ?

— Celui-là, c'est autre chose. C'est un homme du monde... de province, honorable... jusqu'à un

certain point... mais seulement un peu brûlé...
pour avoir trop rôti le balai...

— Et vous ? »

Il répondit sans hésiter :

« Moi, je suis ce qu'on appelle un fêtard, un garçon de bonne famille, qui avait de l'intelligence et
qui l'a gâchée à faire des mots, qui avait de la
santé et qui l'a perdue à faire la noce, qui avait
de la valeur, peut-être, et qui l'a semée à ne rien
faire. Il me reste en tout et pour tout de la fortune, une certaine pratique de la vie, une absence
de préjugés assez complète, un large mépris pour
les hommes, y compris les femmes, un sentiment
très profond de l'inutilité de mes actes et une
vaste tolérance pour la canaillerie générale. J'ai
cependant, par moments, encore de la franchise,
comme vous le voyez, et je suis même capable
d'affection, comme vous le pourriez voir. Avec ces
défauts et ces qualités je me mets à vos ordres,
mam'zelle, moralement et physiquement, pour
que vous disposiez de moi à votre gré, voilà. »

Elle ne riait pas ; elle écoutait, scrutant les mots
et les intentions.

Elle reprit :

« Qu'est-ce que vous pensez de la comtesse de
Lammy ? »

Il prononça avec vivacité :

« Vous me permettrez de ne pas donner mon
avis sur les femmes.

— Sur aucune ?

— Sur aucune.

— Alors, c'est que vous les jugez fort mal...

toutes. Voyons, cherchez, vous ne faites pas une exception ? »

Il ricana de cet air insolent qu'il gardait presque constamment ; et avec cette audace brutale dont il se faisait une force, une arme :

« On excepte toujours les personnes présentes. »

Elle rougit un peu, mais demanda avec un grand calme :

« Eh bien, qu'est-ce que vous pensez de moi ?

— Vous le voulez ? soit. Je pense que vous êtes une personne de grand sens, de grande pratique, ou, si vous aimez mieux, de grand sens pratique, qui sait fort bien embrouiller son jeu, s'amuser des gens, cacher ses vues, tendre ses fils, et qui attend, sans se presser... l'événement. »

Elle demanda : « C'est tout ?

— C'est tout. »

Alors elle dit, avec une sérieuse gravité : « Je vous ferai changer cette opinion-là, Muscade. »

Puis elle se rapprocha de sa mère, qui marchait à tout petits pas, la tête baissée, de cette allure alanguie qu'on prend lorsqu'on cause tout bas, en se promenant, de choses très intimes et très douces. Elle dessinait, tout en avançant, des figures sur le sable, des lettres peut-être, avec la pointe de son ombrelle, et elle parlait sans regarder Saval, elle parlait longuement, lentement, appuyée à son bras, serrée contre lui. Yvette, tout à coup, fixa les yeux sur elle, et un soupçon, si vague qu'elle ne le formula pas, plutôt même une sensation qu'un doute, lui passa dans la pensée comme passe sur la terre l'ombre d'un nuage que chasse le vent.

La cloche sonna le déjeuner.

Il fut silencieux et presque morne.

Il y avait, comme on dit, de l'orage dans l'air. De grosses nuées immobiles semblaient embusquées au fond de l'horizon, muettes et lourdes, mais chargées de tempête.

Dès qu'on eut pris le café sur la terrasse, la marquise demanda :

« Eh bien ! mignonne, vas-tu faire une promenade aujourd'hui avec ton ami Servigny ? C'est un vrai temps pour prendre le frais sous les arbres. »

Yvette lui jeta un regard rapide, vite détourné :

« Non, maman, aujourd'hui je ne sors pas. »

La marquise parut contrariée, elle insista :

« Va donc faire un tour, mon enfant, c'est excellent pour toi. »

Alors, Yvette prononça d'une voix brusque :

« Non, maman, aujourd'hui je reste à la maison, et tu sais bien pourquoi, puisque je te l'ai dit l'autre soir. »

Mme Obardi n'y songeait plus, toute préoccupée du désir de demeurer seule avec Saval. Elle rougit, se troubla, et, inquiète pour elle-même, ne sachant comment elle pourrait se trouver libre une heure ou deux, elle balbutia :

« C'est vrai, je n'y pensais point, tu as raison. Je ne sais pas où j'avais la tête. »

Et Yvette, prenant un ouvrage de broderie qu'elle appelait le « salut public », et dont elle occupait ses mains cinq ou six fois l'an, aux jours de calme plat, s'assit sur une chaise basse auprès de sa mère, tandis que les deux jeunes gens, à cheval sur des pliants, fumaient des cigares.

Les heures passaient dans une causerie paresseuse et sans cesse mourante. La marquise, énervée, jetait à Saval des regards éperdus, cherchait un prétexte, un moyen d'éloigner sa fille. Elle comprit enfin qu'elle ne réussirait pas, et ne sachant de quelle ruse user, elle dit à Servigny :

« Vous savez, mon cher duc, que je vous garde tous deux ce soir. Nous irons déjeuner demain au restaurant Fournaise, à Chatou[1]. »

Il comprit, sourit, et s'inclinant :

« Je suis à vos ordres, marquise. »

Et la journée s'écoula lentement, péniblement, sous les menaces de l'orage.

L'heure du dîner vint peu à peu. Le ciel pesant s'emplissait de nuages lents et lourds. Aucun frisson d'air ne passait sur la peau.

Le repas du soir aussi fut silencieux. Une gêne, un embarras, une sorte de crainte vague semblaient rendre muets les deux hommes et les deux femmes.

Quand le couvert fut enlevé, ils demeurèrent sur la terrasse, ne parlant qu'à de longs intervalles. La nuit tombait, une nuit étouffante. Tout à coup, l'horizon fut déchiré par un immense crochet de feu, qui illumina d'une flamme éblouissante et blafarde les quatre visages déjà ensevelis dans l'ombre. Puis un bruit lointain, un bruit sourd et faible, pareil au roulement d'une voiture sur un pont, passa sur la terre ; et il sembla que la chaleur de l'atmosphère augmentait, que l'air devenait brusquement encore plus accablant, le silence du soir plus profond.

Yvette se leva :

« Je vais me coucher, dit-elle, l'orage me fait mal. »

Elle tendit son front à la marquise, offrit sa main aux deux jeunes hommes, et s'en alla.

Comme elle avait sa chambre juste au-dessus de la terrasse, les feuilles d'un grand marronnier planté devant la porte s'éclairèrent bientôt d'une clarté verte, et Servigny restait les yeux fixés sur cette lueur pâle dans le feuillage, où il croyait parfois voir passer une ombre. Mais soudain, la lumière s'éteignit. Mme Obardi poussa un grand soupir :

« Ma fille est couchée », dit-elle.

Servigny se leva :

« Je vais en faire autant, marquise, si vous le permettez. »

Il baisa la main qu'elle lui tendait et disparut à son tour.

Et elle demeura seule avec Saval, dans la nuit.

Aussitôt elle fut dans ses bras, l'enlaçant, l'étreignant. Puis, bien qu'il tentât de l'en empêcher, elle s'agenouilla devant lui en murmurant : « Je veux te regarder à la lueur des éclairs. »

Mais Yvette, sa bougie soufflée, était revenue sur son balcon, nu-pieds, glissant comme une ombre, et elle écoutait, rongée par un soupçon douloureux et confus.

Elle ne pouvait voir, se trouvant au-dessus d'eux, sur le toit même de la terrasse.

Elle n'entendait rien qu'un murmure de voix ; et son cœur battait si fort qu'il emplissait de bruit ses oreilles. Une fenêtre se ferma sur sa tête.

Donc, Servigny venait de remonter. Sa mère était
seule avec l'autre.

Un second éclair, fendant le ciel en deux, fit sur-
gir pendant une seconde tout ce paysage qu'elle
connaissait, dans une clarté violente et sinistre ;
et elle aperçut la grande rivière, couleur de plomb
fondu, comme on rêve des fleuves en des pays
fantastiques. Aussitôt une voix, au-dessous d'elle,
prononça : « Je t'aime ! »

Et elle n'entendit plus rien. Un étrange frisson
lui avait passé sur le corps, et son esprit flottait
dans un trouble affreux.

Un silence pesant, infini, qui semblait le silence
éternel, planait sur le monde. Elle ne pouvait plus
respirer, la poitrine oppressée par quelque chose
d'inconnu et d'horrible. Un autre éclair enflamma
l'espace, illumina un instant l'horizon, puis un
autre presque aussitôt le suivit, puis d'autres
encore.

Et la voix qu'elle avait entendue déjà, s'élevant
plus forte, répétait « Oh ! comme je t'aime !
comme je t'aime ! » Et Yvette la reconnaissait
bien, cette voix-là, celle de sa mère.

Une large goutte d'eau tiède lui tomba sur le
front, et une petite agitation presque imperceptible courut dans les feuilles, le frémissement de
la pluie qui commence.

Puis une rumeur accourut venue de loin, une
rumeur confuse, pareille au bruit du vent dans
les branches ; c'était l'averse lourde s'abattant en
nappe sur la terre, sur le fleuve, sur les arbres. En
quelques instants l'eau ruissela autour d'elle, la
couvrant, l'éclaboussant, la pénétrant comme un

bain. Elle ne remuait point, songeant seulement
à ce qu'on faisait sur la terrasse.

Elle les entendit qui se levaient et qui montaient
dans leurs chambres. Des portes se fermèrent à
l'intérieur de la maison ; et la jeune fille, obéis-
sant à un désir de savoir irrésistible, qui l'affolait
et la torturait, se jeta dans l'escalier, ouvrit doucement la porte du dehors, et traversant le gazon
sous la tombée furieuse de la pluie, courut se
cacher dans un massif pour regarder les fenêtres.

Une seule était éclairée, celle de sa mère. Et,
tout à coup, deux ombres apparurent dans le
carré lumineux, deux ombres côte à côte. Puis,
se rapprochant, elles n'en firent plus qu'une ; et
un nouvel éclair projetant sur la façade un rapide
et éblouissant jet de feu, elle les vit qui s'embras-
saient, les bras serrés autour du cou.

Alors, éperdue, sans réfléchir, sans savoir ce
qu'elle faisait, elle cria de toute sa force, d'une
voix suraiguë : « Maman ! » comme on crie pour
avertir les gens d'un danger de mort.

Son appel désespéré se perdit dans le clapote-
ment de l'eau, mais le couple enlacé se sépara,
inquiet. Et une des ombres disparut, tandis que
l'autre cherchait à distinguer quelque chose à travers les ténèbres du jardin.

Alors, craignant d'être surprise, de rencontrer
sa mère en cet instant, Yvette s'élança vers la
maison, remonta précipitamment l'escalier en
laissant derrière elle une traînée d'eau qui coulait
de marche en marche, et elle s'enferma dans sa
chambre, résolue à n'ouvrir sa porte à personne.

Et sans ôter sa robe ruisselante et collée à sa

chair, elle tomba sur les genoux en joignant les mains, implorant dans sa détresse quelque protection surhumaine, le secours mystérieux du ciel, l'aide inconnue qu'on réclame aux heures de larmes et de désespoir.

Les grands éclairs jetaient d'instant en instant leurs reflets livides dans sa chambre, et elle se voyait brusquement dans la glace de son armoire, avec ses cheveux déroulés et trempés, tellement étrange qu'elle ne se reconnaissait pas.

Elle demeura là longtemps, si longtemps que l'orage s'éloigna sans qu'elle s'en aperçût. La pluie cessa de tomber, une lueur envahit le ciel encore obscurci de nuages, et une fraîcheur tiède, savoureuse, délicieuse, une fraîcheur d'herbes et de feuilles mouillées entrait par la fenêtre ouverte.

Yvette se releva, ôta ses vêtements flasques et froids, sans songer même à ce qu'elle faisait et se mit au lit. Puis elle demeura les yeux fixés sur le jour qui naissait. Puis elle pleura encore, puis elle songea.

Sa mère ! un amant ! quelle honte ! Mais elle avait lu tant de livres où des femmes, même des mères, s'abandonnaient ainsi, pour renaître à l'honneur aux pages du dénouement, qu'elle ne s'étonnait pas outre mesure de se trouver enveloppée dans un drame pareil à tous les drames de ses lectures. La violence de son premier chagrin, l'effarement cruel de la surprise, s'atténuaient un peu déjà dans le souvenir confus de situations analogues. Sa pensée avait rôdé en des aventures si tragiques, poétiquement amenées par les romanciers, que l'horrible découverte lui appa-

raissait peu à peu comme la continuation naturelle de quelque feuilleton commencé la veille.

Elle se dit :

« Je sauverai ma mère. »

Et, presque rassérénée par cette résolution
d'héroïne, elle se sentit forte, grandie, prête tout à
coup pour le dévouement et pour la lutte. Et elle
réfléchit aux moyens qu'il lui faudrait employer.
Un seul lui parut bon, qui était en rapport avec sa
nature romanesque. Et elle prépara, comme un
acteur prépare la scène qu'il va jouer, l'entretien
qu'elle aurait avec la marquise.

Le soleil s'était levé. Les serviteurs circulaient
dans la maison. La femme de chambre vint avec
le chocolat. Yvette fit poser le plateau sur la table
et prononça :

« Vous direz à ma mère que je suis souffrante,
que je vais rester au lit jusqu'au départ de ces
messieurs, que je n'ai pas pu dormir de la nuit,
et que je prie qu'on ne me dérange pas, parce que
je veux essayer de me reposer. »

La domestique, surprise, regardait la robe
trempée et tombée comme une loque sur le tapis.

« Mademoiselle est donc sortie ? dit-elle.

— Oui, j'ai été me promener sous la pluie pour
me rafraîchir. »

Et la bonne ramassa les jupes, les bas, les bot-
tines sales ; puis elle s'en alla portant sur un bras,
avec des précautions dégoûtées, ces vêtements
trempés comme des hardes de noyé.

Et Yvette attendit, sachant bien que sa mère
allait venir.

La marquise entra, ayant sauté du lit aux premiers mots de la femme de chambre, car un doute lui était resté depuis ce cri : « Maman », entendu dans l'ombre.

« Qu'est-ce que tu as ? » dit-elle.

Yvette la regarda, bégaya :

« J'ai... j'ai... » Puis, saisie par une émotion subite et terrible, elle se mit à suffoquer.

La marquise, étonnée, demanda de nouveau :

« Qu'est-ce que tu as donc ? »

Alors, oubliant tous ses projets et ses phrases préparées, la jeune fille cacha sa figure dans ses deux mains en balbutiant :

« Oh ! maman, oh ! maman ! »

Mme Obardi demeura debout devant le lit, trop émue pour bien comprendre, mais devinant presque tout, avec cet instinct subtil d'où venait sa force.

Comme Yvette ne pouvait parler, étranglée par les larmes, sa mère, énervée à la fin et sentant approcher une explication redoutable, demanda brusquement :

« Voyons, me diras-tu ce qui te prend ? »

Yvette put à peine prononcer :

« Oh ! cette nuit... j'ai vu... ta fenêtre. »

La marquise, très pâle, articula :

« Eh bien ! quoi ? »

Sa fille répéta, toujours en sanglotant :

« Oh ! maman, oh ! maman ! »

Mme Obardi, dont la crainte et l'embarras se changeaient en colère, haussa les épaules et se retourna pour s'en aller.

« Je crois vraiment que tu es folle. Quand ce sera fini, tu me le feras dire. »

Mais la jeune fille, tout à coup, dégagea de ses mains son visage ruisselant de pleurs.

« Non !... écoute... il faut que je te parle... écoute... Tu vas me promettre... nous allons partir toutes les deux, bien loin, dans une campagne, et nous vivrons comme des paysannes : et personne ne saura ce que nous serons devenues ! Dis, veux-tu, maman, je t'en prie, je t'en supplie, veux-tu ? »

La marquise, interdite, demeurait au milieu de la chambre. Elle avait aux veines du sang de peuple, du sang irascible. Puis une honte, une pudeur de mère se mêlant à un vague sentiment de peur et à une exaspération de femme passionnée dont l'amour est menacé, elle frémissait, prête à demander pardon ou à se jeter dans quelque violence.

« Je ne te comprends pas », dit-elle.

Yvette reprit :

« Je t'ai vue... maman... cette nuit... Il ne faut plus... si tu savais... nous allons partir toutes les deux... je t'aimerai tant que tu oublieras... »

Mme Obardi prononça d'une voix tremblante :

« Écoute, ma fille, il y a des choses que tu ne comprends pas encore. Eh bien... n'oublie point... n'oublie point... que je te défends... de me parler jamais... de... de... de ces choses. »

Mais la jeune fille, prenant brusquement le rôle de sauveur qu'elle s'était imposé, prononça :

« Non, maman, je ne suis plus une enfant, et j'ai le droit de savoir. Eh bien, je sais que nous recevons des gens mal famés, des aventuriers, je sais aussi qu'on ne nous respecte pas à cause de

cela. Je sais autre chose encore. Eh bien, il ne
faut plus, entends-tu ? je ne veux pas. Nous allons
partir ; tu vendras tes bijoux ; nous travaillerons
s'il le faut, et nous vivrons comme des honnêtes
femmes, quelque part, bien loin. Et si je trouve à
me marier, tant mieux. »

Sa mère la regardait de son œil noir, irrité. Elle
répondit :

« Tu es folle. Tu vas me faire le plaisir de te
lever et de venir déjeuner avec tout le monde.

— Non, maman. Il y a quelqu'un que je ne
reverrai pas, tu me comprends. Je veux qu'il
sorte, ou bien c'est moi qui sortirai. Tu choisiras
entre lui et moi. »

Elle s'était assise dans son lit, et elle haussait
la voix, parlant comme on parle sur la scène,
entrant enfin dans le drame qu'elle avait rêvé,
oubliant presque son chagrin pour ne se souvenir
que de sa mission.

La marquise, stupéfaite, répéta encore une
fois :

« Mais tu es folle... », ne trouvant rien autre
chose à dire.

Yvette reprit avec une énergie théâtrale :

« Non, maman, cet homme quittera la maison,
ou c'est moi qui m'en irai, car je ne faiblirai pas.

— Et où iras-tu ?... Que feras-tu ?...

— Je ne sais pas, peu m'importe... Je veux que
nous soyons des honnêtes femmes. »

Ce mot qui revenait « honnêtes femmes » soulevait la marquise d'une fureur de fille et elle cria :

« Tais-toi ! je ne te permets pas de me parler comme ça. Je vaux autant qu'une autre,

entends-tu ? Je suis une courtisane, c'est vrai, et
j'en suis fière ; les honnêtes femmes ne me valent
pas. »

Yvette, atterrée, la regardait ; elle balbutia :

« Oh, maman ! »

Mais la marquise, s'exaltant, s'excitant :

« Eh bien ! oui, je suis une courtisane. Après ?
Si je n'étais pas une courtisane, moi, tu serais
aujourd'hui une cuisinière, toi, comme j'étais
autrefois, et tu ferais des journées de trente sous,
et tu laverais la vaisselle, et ta maîtresse t'enver-
rait à la boucherie, entends-tu, et elle te ficherait
à la porte si tu flânais, tandis que tu flânes toute
la journée parce que je suis une courtisane. Voilà.
Quand on n'est rien qu'une bonne, une pauvre
fille avec cinquante francs d'économies, il faut
savoir se tirer d'affaire, si on ne veut pas crever
dans la peau d'une meurt-de-faim ; et il n'y a pas
deux moyens pour nous, il n'y en a pas deux,
entends-tu, quand on est servante ! Nous ne pou-
vons pas faire fortune, nous, avec des places, ni
avec des tripotages de bourse. Nous n'avons rien
que notre corps, rien que notre corps. »

Elle se frappait la poitrine, comme un pénitent
qui se confesse, et, rouge, exaltée, avançant vers
le lit :

« Tant pis quand on est belle fille, faut vivre de
ça, ou bien souffrir de misère toute sa vie… toute
sa vie… pas de choix. »

Puis revenant brusquement à son idée :

« Avec ça qu'elles s'en privent, les honnêtes femmes. C'est elles qui sont des gueuses,
entends-tu, parce que rien ne les force. Elles ont

de l'argent, de quoi vivre et s'amuser, et elles prennent des hommes par vice. C'est elles qui sont des gueuses. »

Elle était debout près de la couche d'Yvette éperdue, qui avait envie de crier « au secours », de se sauver, et qui pleurait tout haut comme les enfants qu'on bat.

La marquise se tut, regarda sa fille, et la voyant affolée de désespoir, elle se sentit elle-même pénétrée de douleur, de remords, d'attendrissement, de pitié, et s'abattant sur le lit en ouvrant les bras, elle se mit aussi à sangloter, et elle balbutia :

« Ma pauvre petite, ma pauvre petite, si tu savais comme tu me fais mal. »

Et elles pleurèrent toutes deux, très longtemps.

Puis la marquise, chez qui le chagrin ne tenait pas, se releva doucement. Et elle dit tout bas :

« Allons, mignonne, c'est comme ça, que veux-tu. On n'y peut rien changer maintenant. Il faut prendre la vie comme elle vient. »

Yvette continuait de pleurer. Le coup avait été trop rude et trop inattendu pour qu'elle pût réfléchir et se remettre.

Sa mère reprit :

« Voyons, lève-toi, et viens déjeuner, pour qu'on ne s'aperçoive de rien. »

La jeune fille faisait « non » de la tête, sans pouvoir parler ; enfin, elle prononça d'une voix lente, pleine de sanglots :

« Non, maman, tu sais ce que je t'ai dit, je ne changerai pas d'avis. Je ne sortirai pas de ma chambre avant qu'ils soient partis. Je ne veux

plus voir personne de ces gens-là, jamais, jamais.
S'ils reviennent, je... je... tu ne me reverras plus. »

La marquise avait essuyé ses yeux, et, fatiguée
d'émotion, elle murmura :

« Voyons, réfléchis, sois raisonnable. » — Puis,
après une minute de silence :

« Oui, il vaut mieux que tu te reposes ce matin.
Je viendrai te voir dans l'après-midi. »

Et ayant embrassé sa fille sur le front, elle sortit pour s'habiller, calmée déjà.

Yvette, dès que sa mère eut disparu, se leva,
et courut pousser le verrou pour être seule, bien
seule, puis elle se mit à réfléchir.

La femme de chambre frappa vers onze heures
et demanda à travers la porte :

« Mme la marquise fait demander si Mademoiselle n'a besoin de rien, et ce qu'elle veut pour
son déjeuner ? »

Yvette répondit :

« Je n'ai pas faim. Je prie seulement qu'on ne
me dérange pas. »

Et elle demeura au lit comme si elle eût été
fort malade.

Vers trois heures, on frappa de nouveau. Elle
demanda :

« Qui est là ? »

Ce fut la voix de sa mère.

« C'est moi, mignonne, je viens voir comment
tu vas. »

Elle hésita. Que ferait-elle ? Elle ouvrit, puis se
recoucha.

La marquise s'approcha, et parlant à mi-voix
comme auprès d'une convalescente :

« Eh bien, te trouves-tu mieux ? Tu ne veux pas manger un œuf ?

— Non, merci, rien du tout. »

Mme Obardi s'était assise près du lit. Elles demeurèrent sans rien dire, puis, enfin, comme sa fille restait immobile, les mains inertes sur les draps :

« Ne vas-tu pas te lever ? »

Yvette répondit :

« Oui, tout à l'heure. »

Puis d'un ton grave et lent :

« J'ai beaucoup réfléchi, maman, et voici... voici ma résolution. Le passé est le passé, n'en parlons plus. Mais l'avenir sera différent... ou bien... ou bien je sais ce qui me resterait à faire. Maintenant, que ce soit fini là-dessus. »

La marquise, qui croyait terminée l'explication, sentit un peu d'impatience la gagner. C'était trop maintenant. Cette grande bécasse de fille aurait dû savoir depuis longtemps. Mais elle ne répondit rien et répéta :

« Te lèves-tu ?

— Oui, je suis prête. »

Alors sa mère lui servit de femme de chambre, lui apportant ses bas, son corset, ses jupes ; puis elle l'embrassa.

« Veux-tu faire un tour avant dîner ?

— Oui, maman. »

Et elles allèrent se promener le long de l'eau, sans guère parler que de choses très banales.

IV

Le lendemain, dès le matin, Yvette s'en alla toute seule s'asseoir à la place où Servigny lui avait lu l'histoire des fourmis. Elle se dit :

« Je ne m'en irai pas de là avant d'avoir pris une résolution. »

Devant elle, à ses pieds, l'eau coulait, l'eau rapide du bras vif, pleine de remous, de larges bouillons qui passaient dans une fuite muette avec des tournoiements profonds.

Elle avait déjà envisagé toutes les faces de la situation et tous les moyens d'en sortir.

Que ferait-elle si sa mère ne tenait pas scrupuleusement la condition qu'elle avait posée, ne renonçait pas à sa vie, à son monde, à tout, pour aller se cacher avec elle dans un pays lointain ?

Elle pouvait partir seule... fuir. Mais où ? Comment ? De quoi vivrait-elle ?

En travaillant ? À quoi ? À qui s'adresserait-elle pour trouver de l'ouvrage ? Et puis l'existence morne et humble des ouvrières, des filles du peuple, lui semblait un peu honteuse, indigne d'elle. Elle songea à se faire institutrice, comme les jeunes personnes des romans, et à être aimée, puis épousée par le fils de la maison. Mais il aurait fallu qu'elle fût de grande race, qu'elle pût, quand le père exaspéré lui reprocherait d'avoir volé l'amour de son fils, dire d'une voix fière :

« Je m'appelle Yvette Obardi. »

Elle ne le pouvait pas. Et puis c'eût été même encore là un moyen banal, usé.

Le couvent ne valait guère mieux. Elle ne se sentait d'ailleurs aucune vocation pour la vie religieuse, n'ayant qu'une piété intermittente et fugace. Personne ne pouvait la sauver en l'épousant, étant ce qu'elle était ! Aucun secours n'était acceptable d'un homme, aucune issue possible, aucune ressource définitive !

Et puis, elle voulait quelque chose d'énergique, de vraiment grand, de vraiment fort, qui servirait d'exemple ; et elle se résolut à la mort.

Elle s'y décida tout d'un coup, tranquillement, comme s'il s'agissait d'un voyage, sans réfléchir, sans voir la mort, sans comprendre que c'est la fin sans recommencement, le départ sans retour, l'adieu éternel à la terre, à la vie.

Elle fut disposée immédiatement à cette détermination extrême, avec la légèreté des âmes exaltées et jeunes.

Et elle songea au moyen qu'elle emploierait. Mais tous lui apparaissaient d'une exécution pénible et hasardeuse, et demandaient en outre une action violente qui lui répugnait.

Elle renonça bien vite au poignard et au revolver qui peuvent blesser seulement, estropier ou défigurer, et qui exigent une main exercée et sûre — à la corde qui est commune, suicide de pauvre, ridicule et laid — à l'eau parce qu'elle savait nager. Restait donc le poison, mais lequel ? Presque tous font souffrir et provoquent des vomissements. Elle ne voulait ni souffrir, ni vomir. Alors elle songea au chloroforme, ayant lu dans un fait divers comment avait fait une jeune femme pour s'asphyxier par ce procédé.

Et elle éprouva aussitôt une sorte de joie de sa résolution, un orgueil intime, une sensation de fierté. On verrait ce qu'elle était, ce qu'elle valait.

Elle rentra dans Bougival, et elle se rendit chez le pharmacien, à qui elle demanda un peu de chloroforme pour une dent dont elle souffrait. L'homme, qui la connaissait, lui donna une toute petite bouteille de narcotique.

Alors, elle partit à pied pour Croissy, où elle se procura une seconde fiole de poison. Elle en obtint une troisième à Chatou, une quatrième à Rueil, et elle rentra en retard pour déjeuner. Comme elle avait grand-faim après cette course, elle mangea beaucoup, avec ce plaisir des gens que l'exercice a creusés.

Sa mère, heureuse de la voir affamée ainsi, se sentant tranquille enfin, lui dit, comme elles se levaient de table :

« Tous nos amis viendront passer la journée de dimanche. J'ai invité le prince, le chevalier et M. de Belvigne. »

Yvette pâlit un peu, mais ne répondit rien.

Elle sortit presque aussitôt, gagna la gare et prit un billet pour Paris.

Et pendant tout l'après-midi, elle alla de pharmacie en pharmacie, achetant dans chacune quelques gouttes de chloroforme.

Elle revint le soir, les poches pleines de petites bouteilles.

Elle recommença le lendemain ce manège, et

étant entrée par hasard chez un droguiste, elle put obtenir, d'un seul coup, un quart de litre.

Elle ne sortit pas le samedi ; c'était un jour couvert et tiède ; elle le passa tout entier sur la terrasse, étendue sur une chaise longue en osier. Elle ne pensait presque à rien, très résolue et très tranquille.

Elle mit, le lendemain, une toilette bleue qui lui allait fort bien, voulant être belle.

En se regardant dans sa glace elle se dit tout d'un coup : « Demain, je serai morte. » Et un singulier frisson lui passa le long du corps. « Morte ! Je ne parlerai plus, je ne penserai plus, personne ne me verra plus. Et moi, je ne verrai plus rien de tout cela ! »

Elle contemplait attentivement son visage comme si elle ne l'avait jamais aperçu, examinant surtout ses yeux, découvrant mille choses en elle, un caractère secret de sa physionomie qu'elle ne connaissait pas, s'étonnant de se voir, comme si elle avait en face d'elle une personne étrangère, une nouvelle amie.

Elle se disait :

« C'est moi, c'est moi que voilà dans cette glace. Comme c'est étrange de se regarder soi-même. Sans le miroir cependant, nous ne nous connaîtrions jamais. Tous les autres sauraient comment nous sommes, et nous ne le saurions point, nous. »

Elle prit ses grands cheveux tressés en nattes et les ramena sur sa poitrine, suivant de l'œil tous ses gestes, toutes ses poses, tous ses mouvements.

« Comme je suis jolie ! pensa-t-elle. Demain, je serai morte, là, sur mon lit. »

Elle regarda son lit, et il lui sembla qu'elle se voyait étendue, blanche comme ses draps[1].

« Morte. Dans huit jours cette figure, ces yeux, ces joues ne seront plus qu'une pourriture noire, dans une boîte, au fond de la terre. »

Une horrible angoisse lui serra le cœur.

Le clair soleil tombait à flots sur la campagne et l'air doux du matin entrait par la fenêtre.

Elle s'assit, pensant à cela : « Morte. » C'était comme si le monde allait disparaître pour elle ; mais non, puisque rien ne serait changé dans ce monde, pas même sa chambre. Oui, sa chambre resterait toute pareille avec le même lit, les mêmes chaises, la même toilette ; mais elle serait partie pour toujours, elle, et personne ne serait triste, que sa mère peut-être.

On dirait : « Comme elle était jolie ! cette petite Yvette », voilà tout. Et comme elle regardait sa main appuyée sur le bras de son fauteuil, elle songea de nouveau à cette pourriture, à cette bouillie noire et puante que ferait sa chair. Et de nouveau un grand frisson d'horreur lui courut dans tout le corps, et elle ne comprenait pas bien comment elle pourrait disparaître sans que la terre tout entière s'anéantît, tant il lui semblait qu'elle faisait partie de tout, de la campagne, de l'air, du soleil, de la vie.

Des rires éclatèrent dans le jardin, un grand bruit de voix, des appels, cette gaieté bruyante des parties de campagne qui commencent, et elle reconnut l'organe sonore de M. de Belvigne qui chantait :

> *Je suis sous ta fenêtre,*
> *Ah ! daigne enfin paraître[2].*

Elle se leva sans réfléchir et vint regarder. Tous applaudirent. Ils étaient là tous les cinq, avec deux autres messieurs qu'elle ne connaissait pas.

Elle se recula brusquement, déchirée par la pensée que ces hommes venaient s'amuser chez sa mère, chez une courtisane.

La cloche sonna le déjeuner.

« Je vais leur montrer comment on meurt », se dit-elle.

Et elle descendit d'un pas ferme, avec quelque chose de la résolution des martyres chrétiennes entrant dans le cirque où les lions les attendaient.

Elle serra les mains en souriant d'une manière affable, mais un peu hautaine. Servigny lui demanda :

« Êtes-vous moins grognon, aujourd'hui, mam'zelle ? »

Elle répondit d'un ton sévère et singulier :

« Aujourd'hui, je veux faire des folies. Je suis dans mon humeur de Paris. Prenez garde. »

Puis, se tournant vers M. de Belvigne :

« C'est vous qui serez mon patito[1], mon petit Malvoisie. Je vous emmène tous, après le déjeuner, à la fête de Marly. »

C'était la fête, en effet, à Marly. On lui présenta les deux nouveaux venus, le comte de Tamine et le marquis de Briquetot.

Pendant le repas, elle ne parla guère, tendant sa volonté pour être gaie dans l'après-midi, pour qu'on ne devinât rien, pour qu'on s'étonnât davantage, pour qu'on dît : « Qui l'aurait pensé ? Elle semblait si heureuse, si contente ! Que se passe-t-il dans ces têtes-là ? »

Elle s'efforçait de ne point songer au soir, à l'heure choisie, alors qu'ils seraient tous sur la terrasse.

Elle but du vin le plus qu'elle put, pour se monter, et deux petits verres de fine champagne, et elle était rouge en sortant de table, un peu étourdie, ayant chaud dans le corps et chaud dans l'esprit, lui semblait-il, devenue hardie maintenant et résolue à tout.

« En route ! » cria-t-elle.

Elle prit le bras de M. de Belvigne et régla la marche des autres :

« Allons, vous allez former mon bataillon ! Servigny, je vous nomme sergent ; vous vous tiendrez en dehors, sur la droite. Puis, vous ferez marcher en tête la garde étrangère, les deux Exotiques, le prince et le chevalier, puis, derrière, les deux recrues qui prennent les armes aujourd'hui. Allons ! »

Ils partirent. Et Servigny se mit à imiter le clairon, tandis que les deux nouveaux venus faisaient semblant de jouer du tambour. M. de Belvigne, un peu confus, disait tout bas :

« Mademoiselle Yvette, voyons, soyez raisonnable, vous allez vous compromettre. »

Elle répondit :

« C'est vous que je compromets, Raisiné. Quant à moi, je m'en fiche un peu. Demain, il n'y paraîtra plus. Tant pis pour vous, il ne faut pas sortir avec des filles comme moi. »

Ils traversèrent Bougival, à la stupéfaction des

promeneurs. Tous se retournaient ; les habitants venaient sur leurs portes ; les voyageurs du petit chemin de fer qui va de Rueil à Marly les huèrent ; les hommes, debout sur les plates-formes, criaient :

« À l'eau !... à l'eau !... »

Yvette marchait d'un pas militaire, tenant par le bras Belvigne comme on mène un prisonnier. Elle ne riait point, gardant sur le visage une gravité pâle, une sorte d'immobilité sinistre. Servigny interrompait son clairon pour hurler des commandements. Le prince et le chevalier s'amusaient beaucoup, trouvaient ça très drôle et de haut goût. Les deux jeunes gens jouaient du tambour d'une façon ininterrompue.

Quand ils arrivèrent sur le lieu de la fête, ils soulevèrent une émotion. Des filles applaudirent ; des jeunes gens ricanaient ; un gros monsieur, qui donnait le bras à sa femme, déclara, avec une envie dans la voix :

« En voilà qui ne s'embêtent pas. »

Elle aperçut des chevaux de bois et força Belvigne à monter à sa droite tandis que son détachement escaladait par-derrière les bêtes tournantes. Quand le divertissement fut terminé, elle refusa de descendre, contraignant son escorte à demeurer cinq fois de suite sur le dos de ces montures d'enfants, à la grande joie du public qui criait des plaisanteries. M. de Belvigne, livide, avait mal au cœur en descendant.

Puis elle se mit à vagabonder à travers les baraques. Elle força tous ses hommes à se faire peser au milieu d'un cercle de spectateurs. Elle leur fit acheter des jouets ridicules qu'ils durent porter dans leurs bras. Le prince et le chevalier commençaient à trouver la plaisanterie trop forte. Seuls, Servigny et les deux tambours ne se décourageaient point.

Ils arrivèrent enfin au bout du pays. Alors elle contempla ses suivants d'une façon singulière, d'un œil sournois et méchant ; et une étrange fantaisie lui passant par la tête, elle les fit ranger sur la berge droite qui domine le fleuve.

« Que celui qui m'aime le plus se jette à l'eau », dit-elle.

Personne ne sauta. Un attroupement se forma derrière eux. Des femmes, en tablier blanc, regardaient avec stupeur. Deux troupiers, en culotte rouge, riaient d'un air bête.

Elle répéta :

« Donc, il n'y a pas un de vous capable de se jeter à l'eau sur un désir de moi ? »

Servigny murmura :

« Ma foi, tant pis. » Et il s'élança, debout, dans la rivière.

Sa chute jeta des éclaboussures jusqu'aux pieds d'Yvette. Un murmure d'étonnement et de gaieté s'éleva dans la foule.

Alors la jeune fille ramassa par terre un petit morceau de bois, et, le lançant dans le courant :

« Apporte ! » cria-t-elle.

Le jeune homme se mit à nager, et saisissant dans sa bouche, à la façon d'un chien, la planche qui flottait, il la rapporta, puis, remontant la berge, il mit un genou par terre pour la présenter.

Yvette la prit.

« T'es beau », dit-elle.

Et, d'une tape amicale, elle caressa ses cheveux.

Une grosse dame, indignée, déclara :

« Si c'est possible ! »

Une autre dit :

« Peut-on s'amuser comme ça ! »

Un homme prononça :

« C'est pas moi qui me serais baigné pour une donzelle ! »

Elle reprit le bras de Belvigne, en lui jetant dans la figure :

« Vous n'êtes qu'un oison, mon ami ; vous ne savez pas ce que vous avez raté. »

Ils revinrent. Elle jetait aux passants des regards irrités :

« Comme tous ces gens ont l'air bête », dit-elle.

Puis, levant les yeux vers le visage de son compagnon :

« Vous aussi, d'ailleurs. »

M. de Belvigne salua. S'étant retournée, elle vit que le prince et le chevalier avaient disparu. Servigny, morne et ruisselant, ne jouait plus du clairon et marchait, d'un air triste, à côté des deux jeunes gens fatigués, qui ne jouaient plus du tambour.

Elle se mit à rire sèchement :

« Vous en avez assez, paraît-il. Voilà pourtant ce que vous appelez vous amuser, n'est-ce pas ? Vous êtes venus pour ça ; je vous en ai donné pour votre argent. »

Puis elle marcha sans plus rien dire ; et, tout

d'un coup, Belvigne s'aperçut qu'elle pleurait.
Effaré, il demanda :

« Qu'avez-vous ? »

Elle murmura :

« Laissez-moi, cela ne vous regarde pas. »

Mais il insistait, comme un sot :

« Oh ! mademoiselle, voyons, qu'est-ce que vous
avez ? Vous a-t-on fait de la peine ? »

Elle répéta, avec impatience :

« Taisez-vous donc ! »

Puis, brusquement, ne résistant plus à la tristesse désespérée qui lui noyait le cœur, elle se
mit à sangloter si violemment qu'elle ne pouvait
plus avancer.

Elle couvrait sa figure sous ses deux mains et
haletait avec des râles dans la gorge, étranglée,
étouffée par la violence de son désespoir.

Belvigne demeurait debout, à côté d'elle, tout à
fait éperdu, répétant :

« Je n'y comprends rien. »

Mais Servigny s'avança brusquement :

« Rentrons, mam'zelle, qu'on ne vous voie pas
pleurer dans la rue. Pourquoi faites-vous des
folies comme ça, puisque ça vous attriste ? »

Et, lui prenant le coude, il l'entraîna. Mais, dès
qu'ils arrivèrent à la grille de la villa, elle se mit à
courir, traversa le jardin, monta l'escalier et s'enferma chez elle.

Elle ne reparut qu'à l'heure du dîner, très pâle,
très grave. Tout le monde était gai cependant.
Servigny avait acheté chez un marchand du pays
des vêtements d'ouvrier, un pantalon de velours,

une chemise à fleurs, un tricot, une blouse, et il parlait à la façon des gens du peuple.

Yvette avait hâte qu'on eût fini, sentant son courage défaillir. Dès que le café fut pris, elle remonta chez elle.

Elle entendait sous sa fenêtre les voix joyeuses. Le chevalier faisait des plaisanteries lestes, des jeux de mots d'étranger, grossiers et maladroits.

Elle écoutait, désespérée. Servigny, un peu gris, imitait l'ouvrier pochard, appelait la marquise la patronne. Et, tout d'un coup, il dit à Saval :

« Hé ! patron ! »

Ce fut un rire général.

Alors, Yvette se décida. Elle prit d'abord une feuille de son papier à lettres et écrivit :

> *Bougival, ce dimanche, neuf heures du soir.*

Je meurs pour ne point devenir une fille entretenue.

YVETTE.

Puis en post-scriptum :

Adieu, chère maman, pardon.

Elle cacheta l'enveloppe, adressée à Mme la marquise Obardi.

Puis elle roula sa chaise longue auprès de la fenêtre, attira une petite table à portée de sa main et plaça dessus la grande bouteille de chloroforme à côté d'une poignée de ouate.

Un immense rosier couvert de fleurs qui, parti de la terrasse, montait jusqu'à sa fenêtre, exhalait dans la nuit un parfum doux et faible passant par souffles légers ; et elle demeura quelques instants à le respirer. La lune, à son premier quartier, flottait dans le ciel noir, un peu rongée à gauche, et voilée parfois par de petites brumes.

Yvette pensait :

« Je vais mourir ! je vais mourir ! » Et son cœur gonflé de sanglots, crevant de peine, l'étouffait. Elle sentait en elle un besoin de demander grâce à quelqu'un, d'être sauvée, d'être aimée.

La voix de Servigny s'éleva. Il racontait une histoire graveleuse que des éclats de rire interrompaient à tout instant. La marquise elle-même avait des gaietés plus fortes que les autres. Elle répétait sans cesse :

« Il n'y a que lui pour dire de ces choses-là ! ah ! ah ! ah ! »

Yvette prit la bouteille, la déboucha et versa un peu de liquide sur le coton. Une odeur puissante, sucrée, étrange, se répandit ; et comme elle approchait de ses lèvres le morceau de ouate, elle avala brusquement cette saveur forte et irritante qui la fit tousser.

Alors, fermant la bouche, elle se mit à l'aspirer. Elle buvait à longs traits cette vapeur mortelle, fermant les yeux et s'efforçant d'éteindre en elle toute pensée pour ne plus réfléchir, pour ne plus savoir.

Il lui sembla d'abord que sa poitrine s'élargissait, s'agrandissait, et que son âme tout à l'heure pesante, alourdie de chagrin, devenait légère, légère comme si le poids qui l'accablait se fût soulevé, allégé, envolé.

Quelque chose de vif et d'agréable la pénétrait jusqu'au bout des membres, jusqu'au bout des pieds et des mains, entrait dans sa chair, une sorte d'ivresse vague, de fièvre douce[1].

Elle s'aperçut que le coton était sec, et elle s'étonna de n'être pas encore morte. Ses sens lui semblaient aiguisés, plus subtils, plus alertes.

Elle entendait jusqu'aux moindres paroles prononcées sur la terrasse. Le prince Kravalow racontait comment il avait tué en duel un général autrichien.

Puis, très loin, dans la campagne, elle écoutait les bruits dans la nuit, les aboiements interrompus d'un chien, le cri court des crapauds, le frémissement imperceptible des feuilles.

Elle reprit la bouteille, et imprégna de nouveau le petit morceau de ouate, puis elle se remit à respirer. Pendant quelques instants, elle ne ressentit plus rien ; puis ce lent et charmant bien-être qui l'avait envahie déjà, la ressaisit.

Deux fois elle versa du chloroforme dans le coton, avide maintenant de cette sensation physique et de cette sensation morale, de cette torpeur rêvante où s'égarait son âme.

Il lui semblait qu'elle n'avait plus d'os, plus de chair, plus de jambes, plus de bras. On lui avait ôté tout cela, doucement, sans qu'elle s'en aperçût. Le chloroforme avait vidé son corps, ne lui laissant que sa pensée plus éveillée, plus vivante, plus large, plus libre qu'elle ne l'avait jamais sentie.

Elle se rappelait mille choses oubliées, des petits détails de son enfance, des riens qui lui faisaient plaisir. Son esprit, doué tout à coup d'une agilité inconnue, sautait aux idées les plus diverses, parcourait mille aventures, vagabondait dans le passé, et s'égarait dans les événements espérés de l'avenir. Et sa pensée active et nonchalante avait un charme sensuel ; elle éprouvait, à songer ainsi, un plaisir divin.

Elle entendait toujours les voix, mais elle ne distinguait plus les paroles, qui prenaient pour elle d'autres sens. Elle s'enfonçait, elle s'égarait dans une espèce de féerie étrange et variée.

Elle était sur un grand bateau qui passait le long d'un beau pays tout couvert de fleurs. Elle voyait des gens sur la rive, et ces gens parlaient très fort, puis elle se trouvait à terre, sans se demander comment ; et Servigny, habillé en prince, venait la chercher pour la conduire à un combat de taureaux.

Les rues étaient pleines de passants qui causaient, et elle écoutait ces conversations qui ne l'étonnaient point, comme si elle eût connu les personnes, car à travers son ivresse rêvante elle entendait toujours rire et causer les amis de sa mère sur la terrasse.

Puis tout devint vague.

Puis elle se réveilla, délicieusement engourdie, et elle eut quelque peine à se souvenir.

Donc, elle n'était pas morte encore.

Mais elle se sentait si reposée, dans un tel bien-être physique, dans une telle douceur d'esprit qu'elle ne se hâtait point d'en finir ! elle eût voulu faire durer toujours cet état d'assoupissement exquis.

Elle respirait lentement et regardait la lune, en face d'elle, sur les arbres. Quelque chose était changé dans son esprit. Elle ne pensait plus comme tout à l'heure. Le chloroforme, en amollissant son corps et son âme, avait calmé sa peine, et endormi sa volonté de mourir.

Pourquoi ne vivrait-elle pas ? Pourquoi ne serait-elle pas aimée ? Pourquoi n'aurait-elle pas une vie heureuse ? Tout lui paraissait possible maintenant, et facile, et certain. Tout était doux, tout était bon, tout était charmant dans la vie. Mais comme elle voulait songer toujours, elle versa encore cette eau de rêve sur le coton, et se remit à respirer, en écartant parfois le poison de sa narine, pour n'en pas absorber trop, pour ne pas mourir.

Elle regardait la lune et voyait une figure dedans, une figure de femme. Elle recommençait à battre la campagne dans la griserie imagée de l'opium. Cette figure se balançait au milieu du ciel ; puis elle chantait ; elle chantait, avec une voix bien connue, l'*Alleluia d'amour*[1].

C'était la marquise qui venait de rentrer pour se mettre au piano.

Yvette avait des ailes maintenant. Elle volait, la nuit, par une belle nuit claire, au-dessus des bois et des fleuves. Elle volait avec délices, ouvrant les ailes, battant des ailes, portée par le vent comme on serait porté par des caresses. Elle se roulait dans l'air qui lui baisait la peau, et elle filait si vite, si vite qu'elle n'avait le temps de rien voir au-dessous d'elle, et elle se trouvait assise au bord d'un étang, une ligne à la main ; elle pêchait.

Quelque chose tirait sur le fil qu'elle sortait de l'eau, en amenant un magnifique collier de perles, dont elle avait eu envie quelque temps auparavant. Elle ne s'étonnait nullement de cette trouvaille, et elle regardait Servigny, venu à côté d'elle sans qu'elle sût comment, pêchant aussi et faisant sortir de la rivière un cheval de bois.

Puis elle eut de nouveau la sensation qu'elle se réveillait et elle entendit qu'on l'appelait en bas.

Sa mère avait dit :

« Éteins donc la bougie. »

Puis la voix de Servigny s'éleva claire et comique :

« Éteignez donc vot' bougie, mam'zelle Yvette. »

Et tous reprirent en chœur :

« Mam'zelle Yvette, éteignez donc votre bougie. »

Elle versa de nouveau du chloroforme dans le coton, mais, comme elle ne voulait pas mourir, elle le tint assez loin de son visage pour respirer de l'air frais, tout en répandant en sa chambre l'odeur asphyxiante du narcotique, car elle comprit qu'on allait monter ; et, prenant une posture bien abandonnée, une posture de morte, elle attendit.

La marquise disait :

« Je suis un peu inquiète ! Cette petite folle s'est endormie en laissant sa lumière sur sa table. Je vais envoyer Clémence pour l'éteindre et pour fermer la fenêtre de son balcon qui est restée grande ouverte. »

Et bientôt la femme de chambre heurta la porte en appelant :

« Mademoiselle, mademoiselle ! »

Après un silence elle reprit :

« Mademoiselle, Mme la marquise vous prie d'éteindre votre bougie et de fermer votre fenêtre. »

Clémence attendit encore un peu, puis frappa plus fort en criant :

« Mademoiselle, mademoiselle ! »

Comme Yvette ne répondait pas, la domestique s'en alla et dit à la marquise :

« Mademoiselle est endormie sans doute ; son verrou est poussé et je ne peux pas la réveiller. »

Mme Obardi murmura :

« Elle ne va pourtant pas rester comme ça ? »

Tous alors, sur le conseil de Servigny, se réunirent sous la fenêtre de la jeune fille, et hurlèrent en chœur : « Hip — hip — hurra — mam'zelle Yvette ! »

Leur clameur s'éleva dans la nuit calme, s'envola sous la lune dans l'air transparent, s'en alla sur le pays dormant ; et ils l'entendirent s'éloigner ainsi que fait le bruit d'un train qui fuit.

Comme Yvette ne répondit pas, la marquise prononça :

« Pourvu qu'il ne lui soit rien arrivé ; je commence à avoir peur. »

Alors, Servigny, cueillant les roses rouges du gros rosier poussé le long du mur et les boutons pas encore éclos, se mit à les lancer dans la chambre par la fenêtre.

Au premier qu'elle reçut, Yvette tressauta, faillit crier. D'autres tombaient sur sa robe, d'autres dans ses cheveux, d'autres, passant par-dessus sa tête, allaient jusqu'au lit, le couvraient d'une pluie de fleurs.

La marquise cria encore une fois, d'une voix étranglée :

« Voyons, Yvette, réponds-nous. »

Alors, Servigny déclara :

« Vraiment, ça n'est pas naturel, je vais grimper par le balcon. »

Mais le chevalier s'indigna.

« Permettez, permettez, c'est là une grosse faveur, je réclame ; c'est un trop bon moyen... et un trop bon moment... pour obtenir un rendez-vous ! »

Tous les autres, qui croyaient à une farce de la jeune fille, s'écriaient :

« Nous protestons. C'est un coup monté. Montera pas, montera pas. »

Mais la marquise, émue, répétait :

« Il faut pourtant qu'on aille voir. »

Le prince déclara, avec un geste dramatique :

« Elle favorise le duc, nous sommes trahis.

— Jouons à pile ou face qui montera », demanda le chevalier.

Et il tira de sa poche une pièce d'or de cent francs.

Il commença avec le prince :

« Pile », dit-il.

Ce fut face.

Le prince jeta la pièce à son tour, en disant à Saval :

« Prononcez, monsieur. »

Saval prononça :

« Face. »

Ce fut pile.

Le prince ensuite posa la même question à tous les autres. Tous perdirent.

Servigny, qui restait seul en face de lui, déclara de son air insolent :

« Parbleu, il triche ! »

Le Russe mit la main sur son cœur et tendit la pièce d'or à son rival, en disant :

« Jouez vous-même, mon cher duc. »

Servigny la prit et la lança en criant :

« Face ! »

Ce fut pile.

Il salua et indiquant de la main le pilier du balcon :

« Montez, mon prince. »

Mais le prince regardait autour de lui d'un air inquiet.

« Que cherchez-vous ? » demanda le chevalier.

« Mais... je... je voudrais bien... une échelle. »

Un rire général éclata. Et Saval, s'avançant :

« Nous allons vous aider. »

Il l'enleva dans ses bras d'hercule, en recommandant :

« Accrochez-vous au balcon. »

Le prince aussitôt s'accrocha, et Saval l'ayant lâché, il demeura suspendu, agitant ses pieds dans le vide. Alors, Servigny saisissant ces jambes affolées qui cherchaient un point d'appui, tira dessus de toute sa force ; les mains lâchèrent et le prince tomba comme un bloc sur le ventre de M. de Belvigne qui s'avançait pour le soutenir.

« À qui le tour ? » demanda Servigny.

Mais personne ne se présenta.

« Voyons, Belvigne, de l'audace.

— Merci, mon cher, je tiens à mes os.

— Voyons, chevalier, vous devez avoir l'habitude des escalades.

— Je vous cède la place, mon cher duc.

— Heu !... heu !... c'est que je n'y tiens plus tant que ça. »

Et Servigny, l'œil en éveil, tournait autour du pilier.

Puis, d'un saut, s'accrochant au balcon, il s'enleva par les poignets, fit un rétablissement comme un gymnaste et franchit la balustrade.

Tous les spectateurs, le nez en l'air, applaudissaient. Mais il reparut aussitôt en criant :

« Venez vite ! Venez vite ! Yvette est sans connaissance ! »

La marquise poussa un grand cri et s'élança dans l'escalier.

La jeune fille, les yeux fermés, faisait la morte. Sa mère entra, affolée, et se jeta sur elle.

« Dites, qu'est-ce qu'elle a ? qu'est-ce qu'elle a ? »

Servigny ramassait la bouteille de chloroforme tombée sur le parquet :

« Elle s'est asphyxiée », dit-il.

Et il colla son oreille sur le cœur, puis il ajouta :

« Mais elle n'est pas morte ; nous la ranimerons. Avez-vous ici de l'ammoniaque ? »

La femme de chambre, éperdue, répétait :

« De quoi... de quoi... monsieur ?

— De l'eau sédative[1].

— Oui, monsieur.

— Apportez tout de suite, et laissez la porte ouverte pour établir un courant d'air. »

La marquise, tombée sur les genoux, sanglotait.

« Yvette ! Yvette ! ma fille, ma petite fille, ma fille, écoute, réponds-moi, Yvette, mon enfant. Oh ! mon Dieu ! mon Dieu ! qu'est-ce qu'elle a ? »

Et les hommes effarés remuaient sans rien faire, apportaient de l'eau, des serviettes, des verres, du vinaigre.

Quelqu'un dit : « Il faut la déshabiller ! »

Et la marquise, qui perdait la tête, essaya de dévêtir sa fille ; mais elle ne savait plus ce qu'elle faisait. Ses mains tremblaient, s'embrouillaient, se perdaient et elle gémissait : « Je... je... je ne peux pas, je ne peux pas... »

La femme de chambre était rentrée apportant une bouteille de pharmacien que Servigny déboucha et dont il versa la moitié sur un mouchoir. Puis il le colla sous le nez d'Yvette, qui eut une suffocation.

« Bon, elle respire, dit-il. Ça ne sera rien. »

Et il lui lava les tempes, les joues, le cou avec le liquide à la rude senteur.

Puis il fit signe à la femme de chambre de délacer la jeune fille, et quand elle n'eut plus qu'une jupe sur sa chemise, il l'enleva dans ses bras, et la porta jusqu'au lit en frémissant, remué par l'odeur de ce corps presque nu, par le contact de cette chair, par la moiteur des seins à peine cachés qu'il faisait fléchir sous sa bouche.

Lorsqu'elle fut couchée, il se releva fort pâle. « Elle va revenir à elle, dit-il, ce n'est rien. » Car il l'avait entendue respirer d'une façon continue

et régulière. Mais, apercevant tous les hommes,
les yeux fixés sur Yvette étendue en son lit, une
irritation jalouse le fit tressaillir, et s'avançant
vers eux :

« Messieurs, nous sommes beaucoup trop
dans cette chambre ; veuillez nous laisser seuls,
M. Saval et moi, avec la marquise. »

Il parlait d'un ton sec et plein d'autorité. Les
autres s'en allèrent aussitôt.

Mme Obardi avait saisi son amant à pleins
bras, et, la tête levée vers lui, elle lui criait :

« Sauvez-la... Oh ! sauvez-la !... »

Mais Servigny s'étant retourné, vit une lettre
sur la table. Il la saisit d'un mouvement rapide et
lut l'adresse. Il comprit et pensa : « Peut-être ne
faut-il pas que la marquise ait connaissance de
cela. » Et, déchirant l'enveloppe, il parcourut d'un
regard les deux lignes qu'elle contenait :

Je meurs pour ne pas devenir une fille entretenue.

YVETTE.

Adieu, ma chère maman. Pardon.

« Diable, pensa-t-il, ça demande réflexion. »

Et il cacha la lettre dans sa poche.

Puis il se rapprocha du lit, et aussitôt la pensée lui vint que la jeune fille avait repris connaissance, mais qu'elle n'osait pas le montrer par
honte, par humiliation, par crainte des questions.

La marquise était tombée à genoux, maintenant, et elle pleurait, la tête sur le pied du lit.

Tout à coup elle prononça : « Un médecin, il faut un médecin. »

Mais Servigny, qui venait de parler bas avec Saval, lui dit : « Non, c'est fini. Tenez, allez-vous-en une minute, rien qu'une minute, et je vous promets qu'elle vous embrassera quand vous reviendrez. » Et le baron, soulevant Mme Obardi par le bras, l'entraîna.

Alors, Servigny, s'asseyant auprès de la couche, prit la main d'Yvette et prononça : « Mam'zelle, écoutez-moi... »

Elle ne répondit pas. Elle se sentait si bien, si doucement, si chaudement couchée, qu'elle aurait voulu ne plus jamais remuer, ne plus jamais parler, et vivre comme ça toujours. Un bien-être infini l'avait envahie, un bien-être tel qu'elle n'en avait jamais senti de pareil.

L'air tiède de la nuit entrant par souffles légers, par souffles de velours, lui passait de temps en temps sur la face d'une façon exquise, imperceptible. C'était une caresse, quelque chose comme un baiser du vent, comme l'haleine lente et rafraîchissante d'un éventail qui aurait été fait de toutes les feuilles des bois et de toutes les ombres de la nuit, de la brume des rivières, et de toutes les fleurs aussi, car les roses jetées d'en bas dans sa chambre et sur son lit, et les roses grimpées au balcon, mêlaient leur senteur languissante à la saveur saine de la brise nocturne.

Elle buvait cet air si bon, les yeux fermés, le cœur reposé dans l'ivresse encore persistante de l'opium, et elle n'avait plus du tout le désir de mourir, mais une envie forte, impérieuse, de vivre, d'être heureuse, n'importe comment, d'être aimée, oui, aimée.

Servigny répéta :

« Mam'zelle Yvette, écoutez-moi. »

Et elle se décida à ouvrir les yeux. Il reprit, la voyant ranimée :

« Voyons, voyons, qu'est-ce que c'est que des folies pareilles ? »

Elle murmura :

« Mon pauvre Muscade, j'avais tant de chagrin. »

Il lui serrait la main paternellement :

« C'est ça qui vous avançait à grand-chose, ah oui ! Voyons, vous allez me promettre de ne pas recommencer ? »

Elle ne répondit pas, mais elle fit un petit mouvement de tête qu'accentuait un sourire plutôt sensible que visible.

Il tira de sa poche la lettre trouvée sur la table :

« Est-ce qu'il faut montrer cela à votre mère ? »

Elle fit « non » d'un signe du front.

Il ne savait plus que dire, car la situation lui paraissait sans issue. Il murmura :

« Ma chère petite, il faut prendre son parti des choses les plus pénibles. Je comprends bien votre douleur, et je vous promets... »

Elle balbutia :

« Vous êtes bon... »

Ils se turent. Il la regardait. Elle avait dans l'œil quelque chose d'attendri, de défaillant ; et, tout d'un coup, elle souleva les deux bras, comme si elle eût voulu l'attirer. Il se pencha sur elle, sentant qu'elle l'appelait ; et leurs lèvres s'unirent[1].

Longtemps ils restèrent ainsi, les yeux fermés. Mais lui, comprenant qu'il allait perdre la tête, se releva. Elle lui souriait maintenant d'un vrai sourire de tendresse ; et, de ses deux mains accrochées aux épaules, elle le retenait.

« Je vais chercher votre mère », dit-il.

Elle murmura : « Encore une seconde. Je suis si bien. » Puis, après un silence, elle prononça tout bas, si bas qu'il entendit à peine :

« Vous m'aimerez bien, dites ? »

Il s'agenouilla près du lit, et baisant le poignet qu'elle lui avait laissé :

« Je vous adore. »

Mais on marchait près de la porte. Il se releva d'un bond et cria de sa voix ordinaire qui semblait toujours un peu ironique :

« Vous pouvez entrer. C'est fait maintenant. »

La marquise s'élança sur sa fille, les deux bras ouverts, et l'étreignit frénétiquement, couvrant de larmes son visage, tandis que Servigny, l'âme radieuse, la chair émue, s'avançait sur le balcon pour respirer le grand air frais de la nuit, en fredonnant :

> *Souvent femme varie*
> *Bien fol est qui s'y fie*[1].

DOSSIER

CHRONOLOGIE

(1850-1893)

1850. *5 août* : **Naissance de Guy de Maupassant**, au château de Miromesnil (Seine-Maritime). M. est fils de Gustave de Maupassant (1821-1900) et de Laure Le Poittevin (1821-1903). De cette union naît un autre garçon, Hervé, qui mourra fou (1856-1889). Le ménage Maupassant n'est pas très uni : une séparation à l'amiable est prononcée en 1863. Il n'y a pas lieu de s'arrêter à l'hypothèse, avancée par certains, selon laquelle Flaubert serait le père de Guy ; la seule vérité est que le frère aîné de Laure fut le grand ami de jeunesse de Gustave.

1851. *2 décembre* : Coup d'État de Louis-Napoléon, futur Napoléon III, en 1852.

1857. Publication de *Madame Bovary* de Flaubert, et des *Fleurs du mal* de Baudelaire. L'année suivante : traduction française des *Récits d'un chasseur* de Tourgueniev.

1859-1860. Guy est élève au lycée impérial Napoléon, à Paris (actuel lycée Henri-IV).

1863. Pensionnaire à l'Institution ecclésiastique d'Yvetot. Il y reste jusqu'en 1868. Discipline et claustration lui pèsent. Premiers essais poétiques. « Salons des Refusés » (Manet, Pissarro, Cézanne, etc.).

1864. Maupassant passe ses vacances dans la villa des Verguies, propriété de sa mère à Étretat.

1868. M. entre comme interne au lycée de Rouen. Il y

fera ses classes de rhétorique et philosophie. Son correspondant est Louis Bouilhet, poète, ami de Flaubert.

18 septembre : M. fait la connaissance de Swinburne.

1869. *27 juillet* : M. est reçu bachelier ès lettres.

Octobre : Il s'inscrit à la Faculté de droit de Paris.

Novembre : Flaubert, *L'Éducation sentimentale*.

1870. *Juillet* : Guerre franco-prussienne, M. est appelé et versé dans l'Intendance ; il est affecté à Rouen.

Septembre : Défaite de Sedan ; déchéance de l'Empire, proclamation de la République ; siège de Paris. M. est muté de Rouen dans la capitale.

1871. *Mars-mai* : La Commune de Paris.

Septembre : M. se fait remplacer et quitte l'armée.

Octobre : Zola publie *La Fortune des Rougon*, premier volume de la série des *Rougon-Macquart*.

M., qui poursuit théoriquement ses études, cherche en fait du travail. Par ailleurs, il écrit et soumet ses essais à Flaubert. Il se livre aux plaisirs du canotage... et autres.

1872. *Octobre* : Il est nommé surnuméraire au ministère de la Marine.

1873. *Février* : M. est payé 125 francs par mois (il deviendra titulaire un an plus tard).

Les pouvoirs de Mac-Mahon sont prorogés pour sept ans ; l'« Ordre moral » va régner.

Dans les lettres : en poésie, de jeunes inconnus publient sans grande audience (Tristan Corbière, Charles Cros, Arthur Rimbaud) ; gros succès, en revanche, *Le Ventre de Paris*.

Pour la première fois, avec *Le Bon Bock*, Manet n'effarouche pas le public.

1874. Par l'intermédiaire de Flaubert (qui publie *La Tentation de saint Antoine*), M. entre en relation avec Goncourt, Zola et quelques-uns de ceux qui deviendront les « naturalistes ».

Première exposition des « impressionnistes ».

1875. Publication de « La Main d'écorché », premier conte de M. (sous le pseudonyme de Joseph Prunier). Il travaille à une pièce de théâtre (*La Comtesse de Rhune*) et compose, avec quelques camarades, une pièce fort libre, *À la feuille de rose. Maison turque*, qu'il représente en privé devant un auditoire qui compte Flaubert et Tourgueniev.

Grande époque des promenades en banlieue et des randonnées au bord de la Seine (Bezons, Bougival, Chatou, Croissy, « La Grenouillère »).

1876. M. écrit *Une répétition* (pièce en un acte ; jouée en 1904 seulement).

Sous le pseudonyme de Guy de Valmont, il publie des poèmes dans *La République des lettres*. Articles dans le quotidien *La Nation*. L'équipe du futur « groupe de Médan » est désormais constituée (Zola, Huysmans, Alexis, Hennique, Céard) ; il faut y ajouter Mendès et Mirbeau.

1877. Crise politique (*mai*) ; dissolution de la Chambre ; les élections d'octobre amènent une majorité républicaine.

Avril : Dîner chez Trapp, autour de Flaubert, Goncourt et Zola, organisé par le jeune groupe de Médan.

Été : M. fait une cure dans le Valais, à Loèche.

Publication de *La Fille Élisa* de Goncourt et de *L'Assommoir* de Zola.

1878. M. démissionne du ministère de la Marine et passe à celui de l'Instruction publique.

1879. *Février* : Représentation d'*Histoire du vieux temps*, au Troisième Théâtre français (théâtre Déjazet).

M. publie, dans *La Réforme* et dans le recueil de l'éditeur Tresse, *Saynètes et monologues*.

À l'*automne*, voyage en Bretagne et à Jersey.

Novembre : La reprise, par la *Revue moderne et naturaliste*, d'un poème paru en 1876 déclenche, quelques semaines plus tard, une information du parquet d'Étampes pour outrage à la morale publique. M. travaille à « Boule de suif ».

Décembre : Il est nommé officier d'académie.

1880. *Février* : Non-lieu dans l'affaire d'Étampes.

Mars : Troubles oculaires ; ils s'aggraveront d'année en année et s'accompagneront de violentes migraines.

Avril : Publication des *Soirées de Médan* (qui contient « Boule de suif ») ; succès considérable : M. est brusquement célèbre. Le même mois, son recueil *Des vers* paraît chez Charpentier.

8 mai : Mort de Flaubert.

Juin : Sollicite un congé ; en fait, il ne reprendra jamais son emploi au ministère et vivra de sa plume. Il va, notamment, collaborer au *Gaulois*. C'est, avec *Gil Blas*, le quotidien dans lequel se retrouve la majorité de ses contes et chroniques (parfois sous des pseudonymes : Chaudrons du Diable ou Maufrigneuse). Au total, plus de trois cents contes et environ deux cents chroniques.

Juillet : Loi d'amnistie pour les condamnés de la Commune.

Le 14 juillet devient fête nationale.

Septembre : M. est en Corse. À son retour, en *octobre*, il est sollicité de participer au lancement d'une revue, *La Comédie humaine*, qui ne verra jamais le jour.

Cette année paraissent : *Le Roman expérimental* de Zola, et les *Pensées, maximes et fragments* de Schopenhauer (traduits par J. Bourdeau).

1881. M. collabore à *La Nouvelle Revue* et à la *Revue bleue*.

Mai : Publication du recueil *La Maison Tellier*.

Soulèvements en Afrique du Nord ; en *juillet*, M. part pour l'Algérie. Il y effectue une sorte de reportage.

Décembre : Début de la collaboration de M. à *Gil Blas*.

1882. Krach de l'Union générale ; lois sur l'instruction obligatoire ; fondation de la Ligue des Patriotes par Déroulède. Huysmans publie *À vau-l'eau*.

Avril : M. séjourne dans le Midi (Menton, Saint-Raphaël).

Mai : *Mademoiselle Fifi*, recueil de contes.

M. quitte définitivement le ministère.

1883. Expédition du Tonkin.

Mort de Manet et de Tourgueniev. Publication des

Contes cruels de Villiers de L'Isle-Adam et d'*Ainsi parlait Zarathoustra* de Nietzsche. M. publie : *Une vie*, roman, et les *Contes de la Bécasse*, recueil ; nouvelle édition de *Mademoiselle Fifi*.

M. achète un terrain à Étretat. Il y fera bâtir une villa, La Guillette.

Juillet-août : M. séjourne en Auvergne.

Novembre : François Tassart entre, comme valet de chambre, au service de M. Il sera le témoin minutieux, mais discuté, des dix dernières années de la vie de l'écrivain.

Décembre : Séjour à Cannes, qui se renouvellera, assez régulièrement, durant les années suivantes.

1884. Une des années les plus fécondes en publications, contes et chroniques dans *Gil Blas* et *Le Gaulois*.

Recueils : *Miss Harriet, Les Sœurs Rondoli, Clair de lune*, **Yvette**. Notes de voyage : *Au soleil*. *Préface* aux lettres de G. Flaubert à G. Sand.

Il travaille à *Bel-Ami*.

J.-K. Huysmans publie *À rebours*.

1885. Chute du ministère Jules Ferry.

Mort de Victor Hugo.

Zola publie *Germinal*, et Laforgue *Les Complaintes*.

Février : Maupassant souffre de la vue.

Printemps : Il envisage probablement la réalisation d'un recueil qui sera *Toine*.

Avril-mai : Voyage en Italie et en Sicile.

M. achète un bateau qu'il baptise le *Bel-Ami*, d'après le titre du roman qu'il publie, en *mai*, chez l'éditeur Havard.

Juillet-août : M. à Châtelguyon.

Automne : Séjour à Étretat. Dans l'atelier du peintre (alors hébergé par le chanteur Faure), M. admire des œuvres de Monet.

Nouvelle édition des *Contes du jour et de la nuit* ; publication de *Toine*.

1886. Plusieurs événements littéraires ou artistiques importants : dernière exposition des impressionnistes ; publication du *Manifeste* de Moréas sur le symbolisme, des *Illuminations* de Rimbaud, de *Par-delà le bien et le mal* de Nietzsche, de *L'Œuvre* de Zola, de *La France juive* de Drumont.

M. publie deux recueils : *La Petite Roque* et *Monsieur Parent*.

Mai : Sous le nom transparent de Beaufrilan, Jean Lorrain offre, dans son roman *Très Russe*, un portrait peu flatté de Maupassant : « C'est l'étalon modèle, littéraire et plastique du grand haras Flaubert, Zola et Cie, vainqueur à toutes les courses de Cythère », etc. Un duel manque de peu de s'ensuivre.

Juillet-octobre : Séjours à Châtelguyon, Étretat, Antibes.

Fin de l'année : Deuxième édition remaniée de *Toine*.

1887. Crise boulangiste. Affaire Wilson ; démission de Jules Grévy.

Janvier : *Mont-Oriol*, roman.

M. fréquente la haute société et se lie avec un certain nombre de jeunes femmes (H. Lecomte du Noüy — depuis plusieurs années ; la comtesse Potocka ; Marie Kann).

Mai : *Le Horla*, recueil.

Juillet : Voyage en ballon de Paris en Hollande.

Août : Manifeste des Cinq contre *La Terre* de Zola ; il marque la fin de l'« école » naturaliste.

Décembre : M. publie *Pierre et Jean* dans la *Nouvelle Revue*. Divers séjours, cette année-là : Antibes, Chatou, Étretat.

Hervé : frère de Guy, est interné une première fois.

1888. *Janvier* : Publication de *Pierre et Jean*, précédé d'une importante préface sur « Le Roman ».

Mars : Publication du conte *Le Rosier de Madame Husson*, édition illustrée.

Octobre : Publication du *Rosier de Madame Husson*, recueil collectif. Publication de *Sur l'eau*, récits de voyages.

1889. Année de l'Exposition universelle : « Je ne suis pas créé pour ces plaisirs-là », écrit M. Et il fuit la toute jeune tour Eiffel.

Séjours à Cannes, Étretat et en Italie.

Mars : *La Main gauche*, contes.

Mai : *Fort comme la mort*, roman.

Août : Internement et mort de son frère, Hervé.

Une nouvelle génération littéraire se lève : Barrès (qui a commencé à publier la série du *Culte du moi*) ; Claudel : *Tête d'Or* ; Jarry a déjà écrit le premier état d'*Ubu roi* et *Ubu cocu*.

1890.   La production littéraire de M. diminue.

Publie cependant : *Notre cœur*, roman ; *La Vie errante*, voyages, *L'Inutile Beauté*, contes.

Très nombreux séjours et déplacements : on croirait que M. tente de se fuir lui-même.

1891.   Jules Huret publie son *Enquête sur l'évolution littéraire* ; on y trouve le célèbre télégramme de Paul Alexis : « Naturalisme pas mort. Lettre suit. »

M. travaille à un roman qui restera inachevé : *L'Angélus*.

Mars : Première, au Gymnase, de *Musotte*, drame en trois actes.

Juin-août : Luchon ; cures à Divonne et Champel (Suisse).

Décembre : M. rédige son testament.

1892.   *1ᵉʳ janvier* : Tentative de suicide.

7 *janvier* : Il est conduit à la maison de santé du Dr Blanche à Passy. Une agonie d'un an commence. M. est syphilitique ; petit à petit, il est gagné par le délire et la paralysie générale.

1893.   *6 mars* : *La Paix du ménage*, pièce en deux actes, est créée à la Comédie-Française.

6 juillet : **Mort de Maupassant.** Il est enterré le 8 au cimetière du Montparnasse.

BIBLIOGRAPHIE

ÉDITIONS

Maupassant, *Yvette*, Victor Havard, 1885 [en fait : 1884], in-18, 295 p.

Maupassant, *Contes et nouvelles*, préface par Armand Lanoux ; introduction, chronologie, avertissement, notices, notes et variantes par Louis Forestier, Gallimard, Bibliothèque de la Pléiade, 2 vol., 1974 et 1979 ; réimpression revue et corrigée, 2013.

Maupassant, *Romans*, édition établie par Louis Forestier, Gallimard, Bibliothèque de la Pléiade, 1987.

Maupassant, *Chroniques*, préface d'Hubert Juin, U.G.E., coll. « 10/18 », 3 vol., 1980 [nouveau tirage : 1993].

Maupassant, *Correspondance*, édition établie par Jacques Suffel, Évreux, Le Cercle du Bibliophile, 3 vol., 1973.

Maupassant, *Des vers et autres poèmes*, préface de Louis Forestier, textes établis, présentés et annotés par Emmanuel Vincent, Publications de l'Université de Rouen, 2001.

Maupassant, *Théâtre*, texte établi et annoté par Noëlle Benhamou, Éditions du Sandre, 2012.

Maupassant, *Chroniques*, anthologie présentée et annotée par Henri Mitterand, Le Livre de poche, 2008.

TRAVAUX CRITIQUES

ALEXANDER, Theodor W. et Barbara W., « Maupassant's *Yvette* and Schnitzler's *Fräulein Else* », *Modern Austrian Literature*, IV, 3, 1971.

ARTINIAN, Robert W., *La Technique descriptive chez Guy de Maupassant*, St. Pieters-Kapelle, Lettera Amorosa, 1973.

BANCQUART, Marie-Claire, *Maupassant conteur fantastique*, Lettres modernes, 1976.

—, « Maupassant et l'argent », *Romantisme*, 2ᵉ trimestre 1983.

BAYARD, Pierre, *Maupassant, juste avant Freud*, Les Éditions de Minuit, 1994.

BECKER, Colette, « Ce confus travail d'un caractère qui se forme » [à propos d'Annette de Guilleroy], *Europe*, n° spécial *Guy de Maupassant*, août-septembre 1993.

BENHAMOU, Noëlle, *Filles, prostituées et courtisanes dans l'œuvre de Maupassant*, Presses universitaires du Septentrion, 1996.

BENHAMOU, Noëlle, LECLERC, Yvan, et VINCENT, Emmanuel dir., *Bibliographie Maupassant*, Rome, Memini, Bibliographie des écrivains français, 31, 2 vol., 2008.

BESNARD-COURSODON, Micheline, *Étude thématique et structurale de l'œuvre de Maupassant : le piège*, Nizet, 1973.

BIENVENU, Jacques, *Maupassant inédit*, Édisud, 1993.

BONNEFIS, Philippe, *Comme Maupassant*, Presses universitaires de Lille, 1983.

—, *Maupassant. Sur des galets d'Étretat*, caprices originaux de Valerio Adami, Galilée, 2007.

BROCHIER, Jean-Jacques, *Maupassant. Une journée particulière*, Jean-Claude Lattès, 1993.

Bulletin Flaubert-Maupassant, publié par les Amis de Flaubert et Maupassant, Hôtel des sociétés savantes, 190 rue Beauvoisine, 76000 Rouen [depuis 1993].

BURY, Mariane, *Écriture et vision du monde dans l'œuvre de Guy de Maupassant*, thèse, Paris-Sorbonne, 1991.

—, *Maupassant*, Nathan, 1992.

—, *La Poétique de Maupassant*, SEDES, 1994.

COGNY, Pierre, *Maupassant l'homme sans dieu*, Bruxelles, La Renaissance du Livre, 1968.

CONRAD, Joseph, préface à *Yvette and others stories*, 1904 [traduction française dans *Europe*, août-septembre 1993].

DANGER, Pierre, *Pulsion et désir dans les romans et nouvelles de Guy de Maupassant*, Nizet, 1993.

DELAISEMENT, Gérard, *Guy de Maupassant, le témoin, l'homme, le critique*, Centre régional de documentation pédagogique d'Orléans-Tours, 2 vol., 1984.

DEMONT, Bernard, *Représentations spatiales et narration dans les contes et nouvelles de Guy de Maupassant. Une rhétorique de l'espace géographique*, Champion, 2005.

DONALDSON-EVANS, Mary, *A Woman's Revenge : a Chronology of Dispossession in Maupassant's Fiction*, French Forum, Lexington, 1986.

Études normandes, numéros préparés par Yvan Leclerc, 1990/2, 1992/1.

FORESTIER, Louis, « Maupassant et l'impressionnisme », catalogue de l'exposition *Maupassant et l'Impressionnisme*, musée de Fécamp, 1993.

FRÉBOURG, Olivier, *Maupassant le clandestin*, Mercure de France, 2000.

GRANDADAM, Emmanuèle, *Contes et nouvelles de Maupassant : pour une poétique du recueil*, Publications des Universités de Rouen et du Havre, 2008.

JAMES, Henry, *Sur Maupassant*, précédé de *L'Art de la fiction*, Complexe, 1987.

JOHNSTON, Marlo, *Guy de Maupassant*, biographie, Fayard, 2012.

LANOUX, Armand, *Maupassant le Bel-Ami* (1967), nlle édition, Le Livre de poche, 1983.

LECARME-TABONE, Éliane, « "Fille de fille" ou de Maupassant à Colette », *La Nouvelle. Définitions, transformations. Travaux et recherches* Presses universitaires de Lille, 4ᵉ trim. 1990.

LONGHI, Maria Giulia, *Introduzione a Maupassant*, Rome, editori Laterza, 1994.

MARCHAND, Jean-Pierre, « À propos d'*Yvette* », *CinémAction*, avril 1993, n° spécial *Maupassant à l'écran*.

Maupassant et l'Écriture, actes du colloque de Fécamp, 21-23 mai 1993, sous la direction de Louis Forestier, Nathan, 1993.

Maupassant. Miroir de la nouvelle, actes du colloque de Cerisy, textes réunis par Jacques Lecarme et Bruno Vercier, Presses universitaires de Vincennes, 1988.

Maupassantiana, site électronique (www.maupassantiana.fr) créé et mis à jour par Noëlle Benhamou.

PIERROT, Jean, « Espace et mouvement dans les récits de Maupassant », *Flaubert et Maupassant écrivains normands*, publications de l'Université de Rouen, P.U.F., 1981.

PLACE-VERGHNES, Floriane, *Jeux pragmatiques dans les* Contes et nouvelles *de Guy de Maupassant*, Champion, 2005.

POUCHAIN, Gérard, *Promenades en Normandie avec un guide nommé Maupassant*, Condé-sur-Noireau, Charles Corlet, 1986.

SALEM, Jean, *Philosophie de Maupassant*, Ellipses, 2001.

SAVINIO, Alberto, *Maupassant et « l'Autre »*, Gallimard, 1977.

SCHMIDT, Albert-Marie, *Maupassant* (1962), Le Seuil, coll. « Les Écrivains de toujours », nlle édition, 1976.

SCHÖNE, Maurice, « La langue et le style de Maupassant », *Le Français moderne*, avril et juin 1941.

THORAVAL, Jean, *L'Art de Maupassant d'après ses variantes*, Imprimerie nationale, 1950.

VIAL, André, *Faits et significations*, Nizet, 1973.

—, *Guy de Maupassant et l'Art du roman*, Nizet, 1954.

WILLI, Kurt, *Déterminisme et liberté chez Guy de Maupassant*, Zurich, Juris-Verlag, 1972.

FILMOGRAPHIE

1917. *Yvette*, film muet de Victor Tourjansky (U.R.S.S.).
1927. *Yvette*, film muet d'Alberto Cavalcanti (France).

1938. *Yvette. Die Tochter einer Kurtisane* [*La Fille d'une courtisane*], film de Wolfgang Liebeneiner (Allemagne).

1971. *Yvette*, téléfilm de Jean-Pierre Marchand, adaptation d'Armand Lanoux, avec France Dougnac dans le rôle d'Yvette (France).

2011. *Yvette*, téléfilm d'Olivier Schatzky, avec Ana Girardot dans le rôle d'Yvette, dans le cadre de la série « Chez Maupassant » de France 2 (France).

NOTICE

L'année 1884, qui voit la naissance de la nouvelle
« Yvette » et du recueil éponyme, est l'une des plus fécondes
qu'ait connues Maupassant. Il donne régulièrement des
chroniques à *Gil Blas* et au *Gaulois*, il publie plusieurs
volumes de nouvelles (*Miss Harriet*, *Les Sœurs Rondoli*,
Clair de lune), il met au net le récit de ses impressions d'un
voyage en Afrique (*Au soleil*), il donne une seconde édition
de son recueil *Des vers*. Il commence aussi à écrire *Bel-
Ami* ; et comme si tout cela n'était pas suffisant, il donne
des préfaces à divers livres ou romans écrits par ses amis.
Il est si absorbé qu'il lui reste à peine le temps de tenir sa
correspondance, comme en témoigne ce billet expédié à
la hâte : « Excusez-moi si je ne vous écris jamais. J'ai tant
à faire que dix mots à tracer me semblent une besogne
de colosse. » On demeure étonné d'une telle activité dont
on sait qu'elle se poursuit dans des conditions de malaise
physique de plus en plus éprouvantes : Maupassant commence à être affecté de troubles oculaires violents. Ajou-
tons qu'il se déplace beaucoup et que cela ne procure pas
forcément les meilleures conditions de concentration :
Cannes, Châtelguyon durant l'été, Paris où il fait installer
son nouveau domicile (10, rue Montchanin, aujourd'hui
rue Jacques-Bingen), Étretat où il surveille les travaux de
construction de sa maison. Il est surmené.

C'est dans ce climat qu'il entreprend la réalisation d'une
de ses nouvelles les plus longues et les plus réussies.

« Yvette » a été écrit au printemps de 1884, assez aisément semble-t-il, puisque, le 2 avril, l'éditeur Victor Havard recevait une lettre dans laquelle l'écrivain disait : « La nouvelle pour *Le Figaro* va *très bien*. » C'était, en effet, à la demande du grand quotidien parisien que Maupassant avait entrepris d'écrire ce « petit roman », comme il l'appelle, dans lequel il développe un sujet qu'il avait brièvement traité, dix-huit mois auparavant, dans « Yveline Samoris » (voir, dans cette édition, Documents, p. 143). L'achèvement d'« Yvette » était probablement prévu pour la fin de la première semaine d'avril, car l'auteur annonce le 9 qu'il envisage d'en faire des lectures à Bruxelles… à condition qu'on le paie suffisamment. En fait, il semble que Maupassant ait dû s'interrompre dans son travail et qu'il ne l'ait achevé que dans la fin du mois de mai (*Correspondance*, éd. Suffel, lettre 341). Il a existé un manuscrit d'« Yvette », que je n'ai pas retrouvé. Pol Neveux, dans l'édition des *Œuvres complètes* qu'il donna jadis à la librairie Conard, en fournit quelques variantes. Les principales affectent surtout le début du texte. Ainsi, Maupassant avait d'abord donné plus de prestance au personnage de Servigny, qu'il dépeignait « grand, élégant, beau garçon, d'allure fine, ayant vécu, vivant encore, homme du monde, spirituel, léger, sceptique ». Il le montrait aussi plus immédiatement amoureux d'Yvette : « Il me semble que quelque chose d'elle coule dans mon sang, a pénétré dans ma chair, tant ses traits sont toujours nets dans mon esprit, tant sa voix est restée dans mon oreille. »

Comme à l'accoutumée, Maupassant, avant de faire paraître son texte en librairie, en donna la primeur à un journal. Ce fut *Le Figaro*. Ce quotidien, d'abord monarchiste, puis progressivement rallié à la République, semble avoir tenu à s'assurer la participation de Maupassant qui viendrait rehausser une brochette exceptionnellement éclatante de collaborateurs littéraires (Daudet, Zola, etc.). Dans son numéro du 11 juin 1884, le quotidien parisien faisait paraître l'annonce suivante : « Nous avons le plaisir d'annoncer l'entrée d'une brillante recrue au *Figaro*. Nous publierons demain la première chronique de M. Guy de Maupassant, l'auteur si apprécié d'*Une vie*. Outre ses articles, M. de Maupassant nous donnera un roman, *Yvette*. » En fait, c'était dès le 21 avril que Maupassant était entré dans les colonnes du *Figaro* en signant de ses initiales une chronique intitulée « L'Aristocratie », dans laquelle il développait quelques idées subversives sur l'égalité et le service militaire. La collaboration de Maupassant à ce journal se prolongea, épisodiquement, de 1884 à 1890, en dépit de diverses mésententes. Comme « Yvette » ne devait pas paraître dans *Le Figaro* avant l'été, Maupassant tenta d'en négocier une publication dans une revue russe, mais je ne sais ce qui advint de ce projet. Quoi qu'il en soit, la nouvelle figura en feuilleton dans les numéros du *Figaro* datés du 29 août au 9 septembre 1884. Paradoxalement, Maupassant paraît se désintéresser de cette nouvelle, dont il confie à son père, durant l'été, qu'il la tient comme « n'ayant pas de valeur, et étant faite uniquement pour le public niais du *Figaro* ». Durant le mois de décembre, il en autorise la reproduction dans *La Vie populaire*.

Il se préoccupe, malgré tout, d'en assurer la publication en volume. Celui-ci paraîtra au cours de la première quinzaine de novembre.

Quelques années plus tard, encouragé peut-être par la représentation et le succès de *Musotte*, en mars 1891, il songe à porter sa nouvelle au théâtre. À cette date, il écrit à sa mère : « Quand j'aurai fini *L'Angélus*, je ferai tout doucement ma pièce *Yvette*. » De ce projet, il ne nous est resté qu'une scène, la première, que je reproduis à la page 147 de la présente édition. Ce que Maupassant n'avait pu mener à bien, un autre adaptateur le reprit : Pierre Breton tira d'*Yvette* une pièce en trois actes, jouée au Vaudeville le 26 octobre 1901[1].

*

Notre texte est celui de l'édition originale : Paris, Victor Havard, 1885 (en réalité, comme je l'ai dit plus haut, le volume a paru en novembre 1884).

---

1. Pour les adaptations cinématographiques et télévisuelles, voir la Bibliographie, p. 139.

DOCUMENTS

Nous donnons, ci-après, deux textes. L'un, « Yveline Samoris » (paru dans *Le Gaulois* du 20 décembre 1882), est une première version d'« Yvette » (voir la Préface, p. 17-18). Maupassant n'a jamais recueilli cette ébauche en volume de son vivant. Le second texte représente tout ce qui subsiste d'une tentative de Maupassant : adapter « Yvette » pour la scène. Ce travail, qu'il entreprit vers 1891 dans la dernière année de sa vie littéraire, n'aboutit pas.

YVELINE SAMORIS

« La comtesse Samoris.

— Cette dame en noir, là-bas ?

— Elle-même, elle porte le deuil de sa fille qu'elle a tuée.

— Allons donc ! Que me contez-vous là ?

— Une histoire toute simple, sans crime et sans violences.

— Alors quoi ?

— Presque rien. Beaucoup de courtisanes étaient nées pour être des honnêtes femmes, dit-on ; et beaucoup de femmes dites honnêtes pour être courtisanes, n'est-ce pas ? Or, Mme Samoris, née courtisane, avait une fille née honnête femme, voilà tout.

— Je comprends mal.
— Je m'explique. »

La comtesse Samoris est une de ces étrangères à clinquant comme il en pleut des centaines sur Paris, chaque année. Comtesse hongroise ou valaque, ou je ne sais quoi, elle apparut un hiver dans un appartement des Champs-Élysées, ce quartier des aventuriers, et ouvrit ses salons au premier venant, et au premier venu.

J'y allai. Pourquoi ? direz-vous. Je n'en sais trop rien. J'y allai comme nous y allons tous, parce qu'on y joue, parce que les femmes sont faciles et les hommes malhonnêtes. Vous connaissez ce monde de flibustiers à décorations variées, tous nobles, tous titrés, tous inconnus aux ambassades, à l'exception des espions. Tous parlent de l'honneur à propos de bottes, citent leurs ancêtres, racontent leur vie, hâbleurs, menteurs, filous, dangereux comme leurs cartes, trompeurs comme leurs noms, l'aristocratie du bagne enfin.

J'adore ces gens-là. Ils sont intéressants à pénétrer, intéressants à connaître, amusants à entendre, souvent spirituels, jamais banals comme des fonctionnaires publics. Leurs femmes sont toujours jolies, avec une petite saveur de coquinerie étrangère, avec le mystère de leur existence passée peut-être à moitié dans une maison de correction. Elles ont en général des yeux superbes et des cheveux invraisemblables. Je les adore aussi.

Mme Samoris est le type de ces aventurières, élégante, mûre et belle encore, charmeuse et féline, on la sent vicieuse jusque dans les moelles. On s'amusait beaucoup chez elle, on y jouait, on y dansait, on y soupait... enfin on y faisait tout ce qui constitue les plaisirs de la vie mondaine.

Et elle avait une fille, grande, magnifique, toujours joyeuse, toujours prête pour les fêtes, toujours riant à pleine bouche et dansant à corps perdu. Une vraie fille d'aventurière. Mais une innocente, une ignorante, une naïve, qui ne voyait rien, ne savait rien, ne comprenait rien, ne devinait rien de tout ce qui se passait dans la maison paternelle.

« Comment le savez-vous ? »

Comment je le sais ? C'est plus drôle que tout. On sonne un matin chez moi, et mon valet de chambre vient me prévenir que M. Joseph Bonenthal demande à me parler. Je dis aussitôt :

« Qui est ce monsieur ? »

Mon serviteur répondit :

« Je ne sais pas trop, monsieur, c'est peut-être un domestique. » C'était un domestique, en effet, qui voulait entrer chez moi. « D'où sortez-vous ?

— De chez Mme la comtesse Samoris.

— Ah ! mais ma maison ne ressemble en rien à la sienne.

— Je le sais bien, monsieur, et voilà pourquoi je voudrais entrer chez Monsieur ; j'en ai assez de ces gens-là ; on y passe, mais on n'y reste pas. »

J'avais justement besoin d'un homme, je pris celui-là.

Un mois après, Mlle Yveline Samoris mourait mystérieusement ; et voici tous les détails de cette mort que je tiens de Joseph, qui les tenait de son amie la femme de chambre de la comtesse.

Le soir d'un bal, deux nouveaux arrivés causaient derrière une porte. Mlle Yveline, qui venait de danser, s'appuya contre cette porte pour avoir un peu d'air. Ils ne la virent pas s'approcher ; elle les entendit. Ils disaient :

« Mais quel est le père de la jeune personne ?

— Un Russe, paraît-il, le comte Rouvaloff. Il ne voit plus la mère.

— Et le prince régnant aujourd'hui ?

— Ce prince anglais debout contre la fenêtre ; Mme Samoris l'adore. Mais ses adorations ne durent jamais plus d'un mois à six semaines. Du reste, vous voyez que le personnel d'amis est nombreux ; tous sont appelés... et presque tous sont élus. Cela coûte un peu cher ; mais... bast !

— Où a-t-elle pris ce nom de Samoris ?

— Du seul homme peut-être qu'elle ait aimé, un banquier israélite de Berlin qui s'appelait Samuel Morris.

— Bon. Je vous remercie. Maintenant que je suis renseigné, j'y vois clair. Et j'irai droit. »

Quelle tempête éclata dans cette cervelle de jeune fille douée de tous les instincts d'une honnête femme ? Quel désespoir bouleversa cette âme simple ? Quelles tortures éteignirent cette joie incessante, ce rire charmant, cet exultant bonheur de vivre ? Quel combat se livra dans ce cœur si jeune, jusqu'à l'heure où le dernier invité fut parti ? Voilà ce que Joseph ne pouvait pas me dire. Mais le soir même, Yveline entra brusquement dans la chambre de sa mère, qui allait se mettre au lit, fit sortir la suivante qui resta derrière la porte, et debout, pâle, les yeux agrandis, elle prononça :

« Maman, voici ce que j'ai entendu tantôt dans le salon. »

Et elle raconta mot pour mot le propos que je vous ai dit.

La comtesse stupéfaite ne savait d'abord que répondre. Puis elle nia tout avec énergie, inventa une histoire, jura, prit Dieu à témoin.

La jeune fille se retira éperdue, mais non convaincue. Et elle épia.

Je me rappelle parfaitement le changement étrange qu'elle avait subi. Elle était toujours grave et triste ; et plantait sur nous ses grands yeux fixes comme pour lire au fond de nos âmes. Nous ne savions qu'en penser, et on prétendait qu'elle cherchait un mari, soit définitif, soit passager.

Un soir elle n'eut plus de doute : elle surprit sa mère. Alors, froidement, comme un homme d'affaires qui pose les conditions d'un traité, elle dit :

« Voici, maman, ce que j'ai résolu. Nous nous retirerons toutes les deux dans une petite ville ou bien à la campagne ; nous y vivrons sans bruit, comme nous pourrons. Tes bijoux seuls sont une fortune. Si tu trouves à te marier avec quelque honnête homme, tant mieux ; encore plus tant mieux si je trouve aussi. Si tu ne consens pas à cela, je me tuerai. »

Cette fois la comtesse envoya coucher sa fille et lui défendit de jamais recommencer cette leçon malséante en sa bouche.

Yveline répondit :

« Je te donne un mois pour réfléchir. Si dans un mois

nous n'avons pas changé d'existence, je me tuerai, puisqu'il ne reste aucune autre issue honorable à ma vie. »

Et elle s'en alla.

Au bout d'un mois, on dansait et on soupait toujours dans l'hôtel Samoris.

Yveline alors prétendit qu'elle avait mal aux dents et fit acheter chez un pharmacien voisin quelques gouttes de chloroforme. Le lendemain elle recommença ; elle dut elle-même, chaque fois qu'elle sortait, recueillir des doses insignifiantes du narcotique. Elle en emplit une bouteille.

On la trouva, un matin, dans son lit, déjà froide, avec un masque de coton sur la figure.

Son cercueil fut couvert de fleurs, l'église tendue de blanc. Il y eut foule à la cérémonie funèbre.

Eh bien ! vrai, si j'avais su — mais on ne sait jamais —, j'aurais peut-être épousé cette fille-là. Elle était rudement jolie.

« Et la mère, qu'est-elle devenue ?

— Oh ! elle a beaucoup pleuré. Elle recommence depuis huit jours seulement à recevoir ses intimes.

— Et qu'a-t-on dit pour expliquer cette mort ?

— On a parlé d'un poêle perfectionné dont le mécanisme s'était dérangé. Des accidents par ces appareils ayant fait grand bruit jadis, il n'y avait rien d'invraisemblable à cela. »

YVETTE

[Adaptation théâtrale]

Au premier étage d'une belle maison moderne. Riche escalier, dorures, faux marbres.

Deux hommes en habit noir, le pardessus sur le bras, montent les dernières marches. L'un, Jean de Servigny, avance la main pour sonner.

L'autre, Léon Saval, lui arrête le bras.

Scène première

LÉON SAVAL : Voyons, mon cher, où me conduis-tu ?

JEAN DE SERVIGNY : Je te l'ai dit, chez la marquise Obardi ?

LÉON SAVAL : Mais qui est-ce, la marquise Obardi ?

JEAN DE SERVIGNY : Tout le monde le sait.

LÉON SAVAL : Excepté moi.

JEAN DE SERVIGNY : Eh bien ! tu le verras.

LÉON SAVAL : J'aime mieux savoir.

JEAN DE SERVIGNY : Que de prudence !

LÉON SAVAL : Non, je ne suis pas prudent. Qu'ai-je à craindre, d'ailleurs ? Mais je ne voudrais point faire un four, et on en fait à chaque pas quand on ne sait point chez qui on marche.

JEAN DE SERVIGNY : Tu veux dire : sur qui on marche.

LÉON SAVAL : Oui, peut-être. L'as-tu prévenue, au moins, que tu allais me présenter chez elle ?

JEAN DE SERVIGNY, *riant* : Prévenir la marquise Obardi ? Fais-tu prévenir un cocher d'omnibus que tu monteras dans sa voiture au coin du boulevard ?

LÉON SAVAL : Alors c'est ?…

JEAN DE SERVIGNY : Une parvenue, mon cher, une ras-taquouère, une drôlesse charmante sortie on ne sait d'où, apparue un jour, on ne sait comment, dans le monde des aventuriers et sachant y faire figure. Que nous importe, d'ailleurs ? On dit que son vrai nom, son nom de fille, car elle est restée fille à tous les titres, sauf au titre innocence, est Octavie Bardin, d'où Obardi, en conservant la première lettre du prénom et en supprimant la dernière du nom. C'est d'ailleurs une aimable femme dont tu seras inévitablement l'ami et le client, toi, de par ton physique. J'ajoute cependant que si l'entrée est libre en cette demeure, comme dans les bazars, on n'est pas strictement forcé d'acheter ce qui se débite dans la maison. On y tient de tout, on y fait de tout, on y vend de tout, depuis les sourires jusqu'aux concessions de terre dans les nouvelles républiques, de mines dans le centre africain et de passe-partout de l'ap-

partement où nous entrons en ce moment par la grande
porte. Demande et tu seras servi selon ta bourse.

La marquise s'installa dans le quartier de l'Étoile, quartier suspect, voici trois ans, et ouvrit ses salons à cette
écume des continents qui vient exercer à Paris ses talents
divers, redoutables et criminels.

J'allai chez elle. Comment ? Je ne le sais plus au juste.
J'y allai comme nous allons tous là-dedans, parce qu'on y
joue, parce que les femmes y sont faciles et les hommes
malhonnêtes. J'aime ce monde de flibustiers à décorations
variées, qui décrochent une croix de leur poitrine pour
vous la vendre dès que vous tirez votre portefeuille. Ils
sont tous nobles, tous généraux, tous sénateurs en leurs
patries, et tous inconnus à leurs ambassades, à l'exception des espions. Tous parlent de l'honneur à propos de
bottes, citent leurs ancêtres à propos de rien, racontent
leur vie à propos de tout, hâbleurs, menteurs, filous dangereux comme leurs cartes, trompeurs comme leurs noms,
braves à la façon des voleurs de grand chemin, mais
jamais banals comme des fonctionnaires français. C'est
l'aristocratie du bagne, enfin !

Quant à leurs femmes ?… toujours jolies avec une petite
saveur de coquinerie étrangère, avec le mystère de leur
existence passée… passée peut-être à moitié dans une
maison de correction. Ce sont aussi des conquérantes, des
rapaces, de vraies femelles d'oiseaux de proie. Je les adore.

LÉON SAVAL : Pas de Français dans cette maison ?

JEAN DE SERVIGNY : Mais si, beaucoup au contraire, et
ce qu'il y a de mieux puisque nous y allons.

LÉON SAVAL : Les autres, comment sont-ils ?

JEAN DE SERVIGNY : Très bien. Des généraux, des sénateurs, des hommes du monde, des artistes, de tout. C'est
un monde étonnant où toutes les femmes ont des filles, ce
qui remplace un contrat de mariage, pour l'œil.

LÉON SAVAL : Des filles. De vraies jeunes filles ?

JEAN DE SERVIGNY : Oui, mon cher, et pourquoi pas ?
Elles en ont comme d'autres, ces femmes-là : et elles les
marient quand elles peuvent. Celle de la marquise est délicieuse.

LÉON SAVAL : La fille de la marquise ?

JEAN DE SERVIGNY : Oui, Yvette. Une merveille, grande, magnifique, mûre à point, aussi blonde que sa mère est brune, admirable rejeton d'aventurière poussé sur le fumier de ce monde-là.

LÉON SAVAL : Et le moral ?

JEAN DE SERVIGNY : Je ne sais pas, on ne sait pas. Naïve ou rouée ? impossible de le dire, peut-être les deux. Il y a des jours où je la crois une sainte, et d'autres où je la crois une rosse. J'éprouve un entraînement irraisonné vers sa candeur possible et une méfiance très raisonnable contre sa rouerie non moins probable. Elle dit des choses à faire frémir une armée, mais les perroquets aussi. Elle est parfois imprudente à me faire croire à sa candeur immaculée et parfois niaise, d'une niaiserie invraisemblable à me faire douter qu'elle ait jamais été naïve.

Elle provoque comme une courtisane et se garde comme une vierge. Je ne sais pas. Mais tu vas la voir.

LÉON SAVAL : Tiens, ça commence à m'amuser d'aller là-dedans.

JEAN DE SERVIGNY : Tu sais que je vais te présenter sous le nom de comte Saval.

LÉON SAVAL : Ah ! mais non, par exemple.

JEAN DE SERVIGNY : Pourquoi ?

LÉON SAVAL : Je ne veux pas être ridicule.

JEAN DE SERVIGNY : Mais tout le monde est titré là-dedans, mon cher, tout le monde.

[Interruption dans les feuillets du manuscrit.]

JEAN DE SERVIGNY : Qu'est-ce que ce nouveau visage, la jolie dame ?

YVETTE : La baronne Diodore.

JEAN DE SERVIGNY : Qu'est-ce que c'est que ça ?

YVETTE : Une personne très influente.

JEAN DE SERVIGNY : Où ça, très influente ?

YVETTE : Dans les ministères.

LA MARQUISE, *à Léon Saval* : Oh ! je ne reste guère à Paris plus de cinq à six mois par an. Nous passons les froids dans le Midi, et l'été quelque part à la campagne. Je viens d'ailleurs de louer une villa à Bougival, j'espère que vous me ferez le plaisir d'y venir avec le duc.

LÉON SAVAL : Avec bonheur, madame.

YVETTE : Oh ! oui, Muscade viendra nous voir à Chatou. Nous ferons un tas de bêtises, à la campagne.

JEAN DE SERVIGNY : Je vous suivrai partout où vous me direz d'aller, mam'zelle.

YVETTE : Eh bien ! Muscade, je vous nomme général en chef.

LÉON SAVAL : Pourquoi donc Mlle Yvette appelle-t-elle toujours mon ami Servigny « Muscade » ?

YVETTE : C'est parce qu'il vous glisse toujours dans la main, monsieur. On croit le tenir, on ne l'a jamais.

LA MARQUISE, *indolente, à Saval* : Elle est très drôle avec eux, mais si folle. J'ai beau faire, je ne puis la rendre sérieuse. Et puis le duc l'excite à commettre un tas d'imprudences, il me la gâte, et on finira par prendre mauvaise opinion d'elle.

JEAN DE SERVIGNY, *souriant* : Oh ! marquise, c'est impossible, avec l'éducation et l'exemple que vous lui donnez !

YVETTE : Maman, laisse-le tranquille, c'est le plus amusant de tous.

JEAN DE SERVIGNY : Merci, mam'zelle, pour la comparaison.

YVETTE : Il faudra que nous enrégimentions M. Saval.

LÉON SAVAL : Dans quel régiment, mademoiselle ?

YVETTE : Dans le mien, monsieur.

LÉON SAVAL : J'en suis d'avance.

LA MARQUISE : C'est une gaminerie qu'elle a imaginée. Comme ces messieurs sont très gentils avec elle, elle les tourmente sans raison...

YVETTE : Vous avez vu *La Grande-Duchesse*[1] ?

LÉON SAVAL : Oui, mademoiselle.

YVETTE : Moi aussi ; j'ai vu la reprise, bien qu'on m'ait défendu de le dire. Eh bien ! je me suis proclamée grande-duchesse et j'ai formé un régiment que je passe en

---

1. *La Grande-Duchesse de Gerolstein*, opérette d'Offenbach.

revue tous les jeudis. Vous allez voir. *(Elle crie.)* Prince...
prince... *(Un monsieur chauve à favoris, constellé de croix,
s'avance en souriant. Yvette présentant.)* Baron Saval,
prince Kravalow. Le prince est le chef de ma police, en
sa qualité de Russe. Il met tout le monde dedans excepté
moi qui connais son jeu.

LE PRINCE : Mademoiselle...

YVETTE *crie* : Chevalier !... chevalier. *(Un homme maigre,
brun et lent s'approche. Yvette, présentant.)* Chevalier
Valréali, baron Saval.

NOTES

I

Page 21.

1. Le *Café-Riche* était un des établissements les plus célèbres du boulevard des Italiens, au 16. Sa renommée dura de 1791 à 1916. À la différence du Café Anglais, établi en face et dont la clientèle féminine était plus mêlée, le Café-Riche était un lieu de rencontre politique et littéraire. Sous le second Empire, on y vit les journalistes d'opposition ; vers 1888, les boulangistes le fréquentèrent. Dès 1857, les Goncourt, qui étaient des habitués du lieu, écrivent : « Le Café-Riche semble dans ce moment vouloir devenir le camp des littérateurs qui ont des gants » (*Journal*, octobre 1857). À partir du moment où les commandes commencent à affluer, Monet et Sisley y déjeunent en compagnie de leurs premiers clients. Vers 1890, des écrivains symbolistes ou décadents viennent y affirmer leurs opinions : Moréas, Barrès, Lorrain.

Page 22.

1. *L'Urbaine* est, à l'époque, la plus connue des compagnies de fiacres. Ses véhicules se distinguaient effectivement par leur couleur jaune.

2. Plusieurs personnages de Maupassant seront, comme Servigny, des nerveux sportifs, amateurs d'exercices vio-

lents : Jacques Rival dans *Bel-Ami*, Mariolle dans *Notre cœur*, Bertin dans *Fort comme la mort*. Cette attitude correspond aux canons de l'homme mondain.

Page 23.

1. Le théâtre du *Vaudeville* se trouvait au 2, boulevard des Capucines, sur l'emplacement actuel des salles du cinéma Gaumont Opéra.

2. *Rastaquouère* : le mot, tout nouveau (il date de 1882), désigne un étranger à l'élégance voyante et aux moyens d'existence suspects. C'est le journaliste Aurélien Scholl, bien connu de Maupassant, qui semble avoir accrédité la féminisation du mot.

Page 24.

1. Les deux hommes, venant du boulevard des Italiens, suivent donc le boulevard des Capucines, la rue Royale et remonteront les Champs-Élysées : promenade « chic » du temps, que Maupassant prête à plusieurs de ses personnages. Le *quartier de l'Étoile* se signalait par une population mêlée : on y trouvait une urbanisation récente et luxueuse, affectionnée par quelques demi-mondaines notoires, mais s'y élevait aussi toute une série d'hôtels particuliers construits au XVIIIe siècle. Parmi ceux-ci, l'hôtel de la princesse Mathilde, dont Maupassant était familier, se trouvait justement rue de Berri, où demeure la marquise Obardi (p. 32). Un peu plus loin, à l'angle de la rue Balzac et de l'avenue de Friedland actuelles, allait s'établir la comtesse Potocka, une des « belles amies » de Maupassant.

Page 28.

1. La *Librairie Nouvelle*, où Flaubert avait publié *Madame Bovary*, avait été rachetée par l'éditeur Michel Lévy. Elle était située boulevard des Italiens et se spécialisait dans les nouveautés littéraires.

Page 29.

1. *Belvigne, Kravalow, Valréali* : en 1885, à la fin de *Bel-Ami*, nous retrouverons ces mêmes « gentilshommes

déclassés, ruinés, tachés », parmi les assistants au mariage de Duroy.

Page 31.

1. *Le vice-roi du Haut-Mississipi* : les royautés bizarres n'étaient, en effet, pas rares en ce temps-là. On cite, en particulier, celle d'Achille Laviarde (1841-1902), qui se disait roi d'Araucanie-Patagonie sous le nom d'Aquillès Ier. Il faisait, à l'occasion, les beaux soirs du cabaret du Chat Noir.

Page 41.

1. On désignait par le terme de *grecs* les joueurs qui faisaient profession de tricher.

Page 42.

1. La *moustache* est, selon Maupassant, un élément de la séduction masculine. Voir le conte intitulé « La Moustache » (*Gil Blas*, 31 juillet 1883), recueilli dans *Toine*.

2. Dans le langage familier, le mot *nanan* exprime quelque chose d'agréable (à l'origine, il désigne une friandise : d'où sa parfaite pertinence dans la métaphore pâtissière).

II

Page 44.

1. Maupassant, qui connaît bien ces rives de *Seine*, a pu donner libre cours à ses souvenirs. Toutefois, dans le manuscrit de « L'Héritage » (nouvelle recueillie dans *Miss Harriet*), la maison des Lesable était située au même endroit que celui où il place celle de la marquise Obardi. Or à cet emplacement se trouvait, dans la réalité, la villa de Tourgueniev, mort en 1883 et pour qui Maupassant avait une grande admiration.

2. *La Grenouillère* (qui sera plus amplement décrite p. 65) était, à la fois, un établissement de bains et une guinguette établis dans l'île de Croissy, dite encore l'Île-aux-Vaches. Dans les années 1873-1878, Maupassant et quelques-uns de

ses amis en ont été les joyeux habitués : voir notamment
« Mouche » (dans *L'Inutile Beauté*), où il évoque de façon
très présente cette période de sa vie ; mais, au moment où
il écrit « Yvette », elle est reléguée, pour lui, dans un passé
nostalgique. Il est encore question de la Grenouillère dans
« La Femme de Paul » (dans *La Maison Tellier*). Toutefois, ce
sont les impressionnistes qui ont assuré, en l'immortalisant
dans leurs œuvres, la célébrité de ce lieu : voir *Les Bains de
la Grenouillère* de Monet (1869, National Gallery, Londres),
La Grenouillère, du même (1869, The Metropolitan Museum
of Art, New York) ; et de Renoir : *La Grenouillère* (1869,
coll. part.), *La Grenouillère* (1869, National museum, Stock-
holm), *La Grenouillère* (1869, fondation Oskar Reinhart,
Winterthur), *La Grenouillère* (1869, musée des Beaux-Arts
Pouchkine, Moscou), *À la Grenouillère* (1879, musée d'Or-
say, Paris), *Les Canotiers à Chatou* (1879, National Gallery
of Art, Washington).

Page 48.

1. Le *raisiné* est une sorte de confiture à base de jus de
raisin ; la *malvoisie* est un vin doux grec ; l'*argenteuil*, en
revanche, vin qui tire son nom du village des environs de
Paris où on le produisait encore au XIXe siècle, était particulièrement acide.

2. *Pleureur à la Madeleine* : façon cocasse d'exprimer la
tristesse ennuyeuse du chevalier : on se doute que cette
profession est purement imaginaire !

Page 52.

1. *Un gros bateau* : pour les promeneurs qui ne désiraient
pas emprunter le pont qui, depuis 1864, enjambait l'île
de Croissy, un passeur assurait la traversée de la Seine
entre la Grenouillère et Bougival. L'*auberge Martinet* représente probablement l'auberge Maurice, hôtelier, restaurateur, batelier, pêcheur. Elle avait connu son âge d'or vers
1865 avec Jean-Joseph Maurice. En 1870-1871, un état-
major prussien s'installa dans ce restaurant : Maupassant
y aurait-il trouvé un des éléments de « Deux amis (dans
Mademoiselle Fifi) » ?

2. Très souvent, dans les contes de Maupassant, le chant du *rossignol* est associé aux scènes d'amour. L'exemple le plus net se trouve dans « Une partie de campagne » (dans *La Maison Tellier et autres nouvelles*, « Folio classique », p. 151). On sait aussi que Boccace, dans l'un de ses récits, donne un sens libertin à l'expression « faire chanter le rossignol ».

Page 55.

1. La même bouffée de *désir* sera éprouvée par Bertin devant Annette (*Fort comme la mort*) et par Mariolle devant Élisabeth (*Notre cœur*).

Page 56.

1. La princesse Eugénie *de Montijo* avait éveillé la passion du futur Napoléon III au cours de ses séjours en France, à l'occasion des chasses où le prince-président l'avait conviée à Compiègne et Rambouillet. Ce dernier, devenu empereur, l'épousa le 29 janvier 1853.

Page 58.

1. La *Machine de Marly*, sur la Seine un peu en aval de Bougival, était destinée à alimenter en eau les fontaines et les bassins du parc de Versailles.

Page 60.

1. Comme le chant du rossignol (voir p. 52, n. 2), l'odeur de la *verveine* est associée au désir amoureux (voir, par exemple, « La Fenêtre », dans *Le Rosier de Madame Husson*, « Folio classique », p. 155).

Page 62.

1. *Une histoire des fourmis par un auteur anglais* : le volume en question, dont Maupassant va citer plus bas les premières lignes, est *Fourmis, abeilles et guêpes, études expérimentales sur l'organisation et les mœurs des sociétés d'insectes hyménoptères* (Germer-Baillière, 2 vol., 1883), par sir John Lubbock.

Page 65.

1. Maupassant propose ici la plus belle et la plus riche

description qu'il ait donnée de la Grenouillère. Non seulement il rivalise avec les peintres dans le rendu des coloris
et du mouvement, mais encore il excelle à suggérer l'atmosphère du lieu. L'écrivain, que de nombreux souvenirs ratta-
chaient à cette guinguette, n'a éprouvé aucune difficulté à
écrire ces pages : le manuscrit de ce passage ne comporte
pratiquement pas de corrections.

Page 66.

1. Le canotage, la baignade et, d'une manière générale,
toutes les activités et toutes les rêveries aquatiques tiennent
une grande place dans la vie et l'imaginaire de Maupassant. Voir : « Sur l'eau », « Une partie de campagne », « La
Femme de Paul », « Mouche », etc.

Page 68.

1. *Comme des mouches sur un fumier* : on voit s'exprimer,
ici, l'image d'où sortira le surnom de « Mouche », dans la
nouvelle du même nom, recueillie dans *L'Inutile Beauté* :
« — Pourquoi t'appelle-t-on Mouche ? [...] — Parce qu'elle
se pose sur toutes les charognes » (« Folio classique »,
p. 104).

Page 69.

1. *Pleine eau* : on désignait ainsi les bains de rivière en
eau courante.

III

Page 81.

1. Il s'agit de *Victor-Emmanuel* II. Dans leur *Journal*
(9 avril 1863), les Goncourt font une brève allusion à ce
penchant du roi de Piémont-Sardaigne pour les femmes.
2. Dans le contexte, les références à *Scribe* (1791-1861),
auteur dramatique à succès, et à George *Sand* (1804-1876),
romancière populaire, ne sont peut-être pas absolument
élogieuses. Maupassant avait préfacé, en 1884, année

où paraissait « Yvette », la correspondance de Gustave
Flaubert et George Sand.

Page 88.

1. Parmi les habitués du restaurant du père *Fournaise*,
on comptait Maupassant, Caillebotte, Renoir. Ce dernier
a représenté cet établissement et son propriétaire dans *Le
Déjeuner des canotiers* (1880-1881, The Philipps Collection,
Washington). Maupassant parle encore de Fournaise dans
« Les Dimanches d'un bourgeois de Paris » et « La Femme
de Paul » (dans *La Maison Tellier*).

IV

Page 105.

1. *Elle se voyait étendue...* : mêmes réactions dans *Bel-
Ami* lorsque Duroy, à la veille du duel qu'il va livrer, s'imagine qu'il pourrait être mort le lendemain : « "Demain, à
cette heure-ci, je serai peut-être mort [...]". Il se retourna
vers sa couche et il se vit distinctement étendu sur le dos
dans ces mêmes draps qu'il venait de quitter » (« Folio
classique », p. 189). Il y a, chez Maupassant, une réelle
imagination de la mort.

2. Ce sont les deux premiers vers de la sérénade de Don
Juan, dans la version française (due à Castil-Blaze) de
l'opéra du même nom de Mozart (acte II, scène III). La
pièce fut reprise en 1884, l'année même d'« Yvette », et
connut un grand succès.

Page 106.

1. Le mot italien *patito* signifie : « souffre-douleur ».

Page 114.

1. L'intérêt de Maupassant pour les anesthésiques n'est
pas nouveau. Il avait évoqué les effets de l'éther dans

« Rêves » (1882), conte repris partiellement dans *Sur l'eau*, en 1888 (« Folio classique », p. 105-106).

Page 116.

1. L'*Alleluia d'amour* est une pièce pour piano de Gustave Lange (*Aquarelles*, 1875).

Page 121.

1. L'*eau sédative* est une médication contre la fièvre, la congestion et les palpitations. L'invention en était due à Raspail.

Page 125.

1. *Elle souleva les deux bras...* : on trouve, dans *Notre cœur*, une réaction absolument identique de la jeune Élisabeth à l'égard de Mariolle (« Folio classique », p. 256).

Page 126.

1. Cette chanson, composée par François Iᵉʳ, a été popularisée par *Le Roi s'amuse*, où Victor Hugo l'a fait figurer (acte IV, scène II). Dans la version préoriginale du *Figaro*, la fin de la nouvelle se lisait ainsi : « Servigny, l'âme radieuse, la chair émue, s'avançait sur le balcon pour respirer le grand air frais de la nuit, en pensant : — Bien malin celui qui saurait lire au fond du cœur d'une femme. »

DU MÊME AUTEUR

Dans la même collection

Romans

BEL-AMI. *Édition établie et présentée par Jean-Louis Bory.*

UNE VIE. *Édition présentée par André Fermigier.*

MONT-ORIOL. *Édition présentée et établie par Marie-Claire Bancquart.*

PIERRE ET JEAN. *Édition présentée et établie par Bernard Pingaud.*

FORT COMME LA MORT. *Édition présentée et établie par Gérard Delaisement.*

NOTRE CŒUR. *Édition présentée et établie par Marie-Claire Bancquart.*

Recueil de nouvelles

BOULE DE SUIF. *Édition établie et présentée par Louis Forestier.*

LA MAISON TELLIER. *Édition établie et présentée par Louis Forestier.*

MADEMOISELLE FIFI. *Édition présentée par Hubert Juin.*

MISS HARRIET. *Édition présentée par Dominique Fernandez.*

CONTES DE LA BÉCASSE. *Édition présentée par Hubert Juin.*

CONTES DU JOUR ET DE LA NUIT. *Édition présentée et établie par Pierre Reboul.*

LE HORLA. *Édition présentée par André Fermigier.*

LA PETITE ROQUE. *Édition présentée par André Fermigier.*

MONSIEUR PARENT. *Édition présentée par Claude Martin.*

LE ROSIER DE MADAME HUSSON. *Édition présentée et établie par Louis Forestier.*

TOINE. *Édition présentée et établie par Louis Forestier.*

L'INUTILE BEAUTÉ. *Édition présentée et établie par Claire Brunet.*

YVETTE. *Édition présentée et établie par Louis Forestier.*

COLLECTION FOLIO

Dernières parutions

Composition Nord Compo
Impression Novoprint
à Barcelone, le 27 juillet 2018
Dépôt légal : juillet 2018
1er dépôt légal dans la collection : mars 2014

ISBN 978-2-07-045824-0./ Imprimé en Espagne.